KB090260

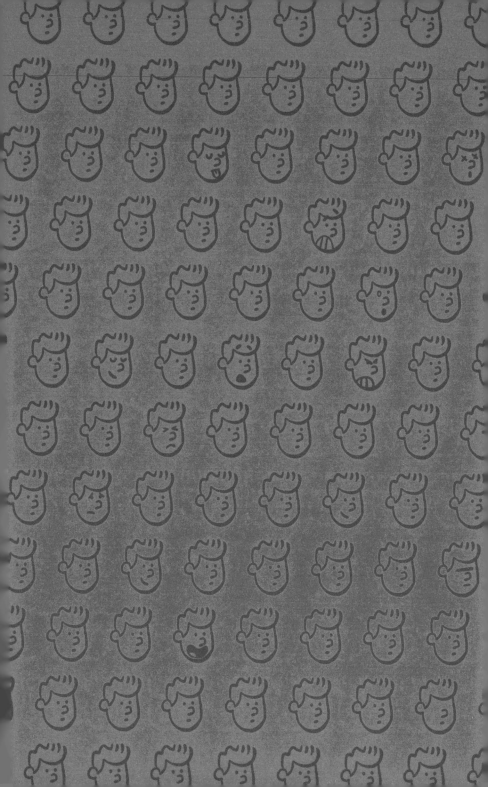

— 세르히오, 노에미 그리고 마리나에게

Original Spanish title : "Cómo triunfar en Internet en 7 días"
International Rights ©Tormenta
www.tormentalibros.com
rights@tormentalibros.com
©Text : David Gamero, 2019 ©Illustrations : Valentí Ponsa
All rights reserved.

Korean Translation copyright © 2019, Totobook Publishing Co.
The Korean edition is published by arrangement with Tormenta through Literary Agency
Greenbook, Seoul.

유튜브 스타 일주일이면 충분해

다비드의 아싸 탈출기 ▼

글 다비드 가메로 • 그림 발렌티 폰사 • 옮김 성초림

팀

프롤로그

홋, 매번 일어나는 일이지. 교실 복도에 서 있는데 어떤 녀석이 나를 뚫어져라 쳐다보는 거야. 너처럼 평범하고 그저 그런 애라면 걔를 정신 나간 녀석이라고 생각하겠지. 하지만 내겐 아주 익숙한 일이야. 난 엄청 유명한 유튜버거든. 아마도 녀석은 내 유튜브 동영상을 수도 없이 돌려 봤을 거야. 그런데 좀 이상한 건 사인해 달라고 달려들지 않는다는 거지.

이 멍청이가 내 사물함 앞에 서서 뭘 하는 거야?

하지만 바로 얼마 전만 해도 이야기는 완전히 달랐어. 우리 할머니도 나를 잘 몰라볼 정도였지. 진짜야, 할머니는 안경 없이는 아무것도 못 알아봐.

바로 지난주까지 나는 '그저 그런 다비드'였어. 열네 살, 이제 막 중학교에 올라가서 적응하느라 정신 못 차리는 평범한 남자애.

요약하자면, 그래 딱 너 같은 '아싸' 말이야.

그런데 어쩌다 세상에서 가장 유명한 유튜버가 됐냐고? 흠, 내가 보기엔 너도 꽤나 운이 좋은 것 같다. 지금 네가 읽고 있는 건 〈유튜브에서 이름을 날리고 전 세계 핵인싸가 되는 법을 알려 주는 유일한 공식 가이드북〉이니까 말이야.

그냥 쉽게 말할게.

넌 이제 '일주일 만에 유튜브 스타 되는 법'을 알게 될 거라고!

첫째 날

▶️ 토요일

네가 막 열네 살이 되었고, 부모님이 처음으로 친구들과 외출하는 걸 허락했다고 생각해 봐. 얼마나 신나는 일이겠어? 물론 친구가 하나밖에 없고, 그 친구가 바로 두 학기 전까지만 해도 교실에서 콧물을 질질 흘리던 마누 보레고라면 폼이 좀 덜 날 수도 있지만.

"드디어! 우리끼리!"

쇼핑몰에 도착하자마자 마누가 소리를 질러 댔어. 신이 나서 한바탕 춤추려는 걸 간신히 뜯어 말렸지.

"진짜, 정말 근사해!"

난 이 말을 들은 사람이 없는지 사방을 둘러보아야 했어. 어째 시작부터 예감이 좋지 않아.

"마누! '근사해' 같은 말 좀 쓰지 말라니까!"

내가 또 주의를 줘야 했어.

"너무 늙은이 같아. 그건 중세 때나 쓰던 말이잖아!"

마누는 고분고분 고개를 끄덕였어. 마누가 빡센 중학교 생활을 버티도록 가르치다 보면 기운이 다 빠지는 것 같다니까.

"오케이, 오케이. 그럼 '야호'라고 할게."

"으아아아아아아!"

나도 더 이상 어쩔 수가 없었어.

"졌다, 졌어."

난 바짝 긴장해 있었어. 부모님 없이 우리끼리 쇼핑몰에 온다는 건 정말 고난도 미션이거든. 이미 평균에도 못 미칠 만큼 충분히 인기 없는 축에 속하는데, 여기서 더 나빠지면 안 되는 거잖아.

우리 학교 '멋쁨 그룹' 애들이랑 친해지려던 내 계획은 학기 첫날부터 실패로 돌아갔어. 집에서 신는 슬리퍼를 신고 학교에 간 게 문제

가 아니었나 싶어. 더 정확히 말하자면 곰돌이 슬리퍼였어. 너무 따뜻했거든…….

누구라도 그런 실수는 할 수 있는 거 아니야?

그래도 난 포기하지 않았어. 놀랍게도 멋쁨 그룹 애들도 이번 금요일에 쇼핑몰에 간다는 거야. 이런 우연의 일치가! 게다가 사라, 그러니까 우리 학교에서 제일 예쁜 여자아이가 걔들 중 하나거든. 사실 우연의 일치라기보다는…… 뭐, 딱히 우연은 아닐 수도 있어.

솔직히 말하면 마누와 나는 멋쁨 그룹 애들 이야기를 모두 엿듣고 있었어. 매번 금요일마다 걔들이 뭘 하는지 정확히 알고 있었지. 그래서 쇼핑몰을 선택한 거고 말이야. 분명 외톨이로 사는 우리 운명을 바꾸게 될 거라고, 멋쁨 그룹에 들어가게 될 거라고 확신했거든.

적어도 나는 그렇게 될 수 있다고 봐. 마누는 이미 좀 어려울 수도 있겠지만…….

쇼핑몰 입구에서 멋쁨 그룹 애들을 보고 난 후 나는 몇 번이고 걔들 주변을 지나쳤어.

한 번…… 두 번…… 다섯 번…….

"계속 쟤들 주변만 맴돌 거야?"

마누가 물었어.

"나 배고프단 말이야."

"아직 우리를 못 봤잖아. 걔들이 우릴 봤다면 벌써 인사했을 거야."

막 여섯 번째 지나치고 나서 내가 이유를 설명했지.

그때 갑자기 걔들 중 하나가 휴대폰에서 고개를 들었어. 드디어!

"애들아, 여기 누가 왔는지 좀 봐."

코밑에 거무스름하게 수염이 나기 시작한 세르히오였어.

"찌질이들 왔다."

"이제야 우릴 봤네."

내가 고개를 떨어뜨리며 말했지.

걔들은 빈정거리며 우리를 손가락으로 가리켰어. 어떤 애 하나는 나한테 곰돌이 슬리퍼는 왜 안 신고 왔냐고 묻더라고.

겨우 딱 한 번 신고 갔을 뿐인데! 정말 너무해!

우린 공룡 전략을 쓰기로 했어. 우리를 완전히 잊어버릴 때까지 숨을 참고 있는 거지. 다행히 걔들은 휴대폰에 정신이 팔려 있었어.

라라 라라 랄라라라 랄라라라

마누와 나는 쇼핑몰에 가면 어느 것 하나도 어긋나지 않게 할 작정이었어. 하나하나 아주 세심하게 계획을 세웠다는 말이지. 케이크 몇

조각 나눠 먹고(우리 부모님은 용돈을 진짜 코딱지만큼 주시거든), 볼링 한 게임 칠 정도의 돈은 가지고 있었어. 케이크는 정말 맛있었어. 초콜릿 시럽이 손가락 사이로 다 흘러 버리기는 했지만.

볼링장에서는 별로 좋지 않았어. 나는 가까스로 공을 굴리기는 했는데, 몸이 공과 함께 굴러갈 뻔했지 뭐야. 마누는 더 심각했어. 마누가 공을 더 세게 굴리려고 뒤로 뺀 순간, 공이 그대로 뒤로 날아가 버렸거든.

정말 믿을 수 없는 일이었지. 공이 살아서 움직이는 거 같았다니까.

볼링장 종업원 하나가 들고 가던 음료수 쟁반을 놓치고 말았어(다행히 우리 음료수는 아니었어). 공은 덩치가 남산만 한 모터사이클 선수 발등 위로 떨어졌지. 그 사람은 마치 손가락이 문틈에 끼인 것처럼 소리를 질러 댔어.

공은 거기서 멈추지 않고 데굴데굴 굴러서 걔들, 그러니까 우리 학교 멋쁨 그룹 애들이 간식을 먹고 있는 테이블까지 굴러갔어.

정적이 흘렀지. 마누와 나는 최악의 상황에 대비했어.

무언가를 진심으로 원하면 그 일이 이루어지도록 온 우주가 돕는다고 하잖아.

"제발 우리를 못 보게 해 주세요, 우리를 못 보게 해 주세요, 못 보게 해 주세요."

그 말을 한 사람은 아마도 나만큼 재수가 없는 사람은 아니었던 모양이야.

마누가 참지 못하고 이렇게 말했거든.

"이런, 미안, 친구들! 그러려고 그런 게 아니었어."

멋쁨 그룹 애들이 일제히 고개를 들고 이 난리법석을 일으킨 게 누군지 쳐다보았지.

혹시 누군가 마누가 일부러 그 공을 다른 사람을 향해 던졌다고 생각했더라도, 그 순간 달리 판단하게 되었을 거야.

"또 너희야? 끈질기게도 달라붙네."

제시카가 욕설에 가까운 말을 퍼부었어.

"그러려고 그런 게 아니야."

마누가 재차 말했어.

"우리 엄마가 그러는데 나는 손에 버터를 바르고 태어났대."

마누는 긴장하면 생각나는 대로 아무 말이나 내뱉는 버릇이 있어. 더 심각한 건 간혹 코피를 흘린다는 거지. 특히 체육 시간 같은 때 말이야.

난 우리 학교에서 제일 예쁜 애, 사라를 쳐다보았어. 하지만 사라는 애초에 우리에게 관심도 없어 보였어. 주구장창 휴대폰에 빠져 있었거든. 처음엔 휴대폰 화면을 뚫어져라 들여다보더니 이윽고 폴짝폴짝 뛰기 시작했어.

"사라, 왜 그래?"

멋쁨 그룹 애들 중 하나가 물었어.

난 사라 목에 팝콘이 걸린 줄 알았지 뭐야. 하지만 사라는 갑자기 멈춰 서더니 이렇게 소리쳤지.

"엘모레누스가 새 동영상을 올렸어!"

그러자 다른 애들이 우르르 사라 주위로 몰려들었어.

난 엘모레누스가 누군지 전혀 몰랐지만, 이 기회를 이용해 사라의 관심을 끌어야겠다고 생각했지.

"그 사람 노래 너무 좋지? 그렇지?"

모두 어이가 없다는 듯 나를 바라봤어. 그때 사라가 처음으로 내게 말을 걸었어.

"야, 헛똑똑이. 이 정도는 알아 두라고 하는 말인데, 엘모레누스는 가수가 아니야, 유튜버라고."

창피해서 온몸이 활활 타오르는 거 같았어. 난 실수를 하면 사우나에 들어간 것처럼 온몸이 뜨거워지거든.

새빨갛다고? 내가?

그럴 리가.

"이해해 줘. 다비드가 방금 볼링공에 머리를 맞아서 그래."

마누가 나를 감싸느라고 한 말이야. 좀 이상하기는 해도 최고의 친구인 것만은 틀림없어.

마누는 멋쁨 그룹 애들이 우리 이야기를 들을 수 없는 곳으로 나를 끌고 갔어. 뭐, 어쨌거나 걔들은 엘모레누스의 최신 동영상을 보느라 정신이 없었어.

"너 정말 역사상 가장 멋진 유튜버를 모른단 말이야? 레이디 가가랑 호날두를 합친 것보다 더 유명한데도? 만약 둘이 아이를 낳는다고 해도 엘모레누스 반의반만큼도 안 유명할걸?"

그 둘 사이에 태어난 아이를 상상하다가 머리가 터지는 줄 알았어.

"지금 농담하는 거야? 도대체 유튜버가 뭔데?"

마누가 눈을 흘겼어(말 그대로야, 마누는 이 분야에 슈퍼 파워를 가지고 있어).

"동영상 찍어서 유튜브에 올리는 사람 말이야. 엘모레누스처럼 유명한 사람도 많아. 요즘엔 축구 경기보다 유튜버 동영상을 더 많이 본다고."

"무슨 동영상?"

마누는 어깨를 으쓱해 보였어.

"뭐든. 게임이나 여행이나 그날 있었던 일 같은 거. 한번은 엘모레누스가 요구르트 먹는 동영상을 올렸는데, 조회수가 10만이 넘은 적도 있어."

"뭐 별것도 아니네. 도대체 누가 그런 거에 관심을 갖는다는 거야?"

"너 무슨 별나라에서 온 거야?"

마누가 화를 버럭 냈어. 내가 콜럼버스가 누구인지 모른다고 말한 것도 아닌데 말이야.

"유튜버가 요즘 제일 잘나간다고. 새로운 슈퍼스타들이야. 근데

혹시 너희 집 인터넷 안 돼?"

"인터넷은 당연히 되지."

내가 얼른 대답했어.

"넌 내가 어디 산다고 생각하는 거야? 뭐 박쥐 동굴에라도 사는 줄 알아?"

"세상 사람들이 전부 인터넷 동영상을 보니까 그렇지!"

마누가 신나서 떠들어 댔어. 이번만큼은 자기가 이상한 게 아니라 내가 그렇다는 사실을 은근히 즐기는 것 같더라고.

그런데 내가 유튜버를 모르는 데는 다 이유가 있어. 물론 우리 집도 인터넷은 되지. 문제는 아빠가 집에서 일하기 때문에 컴퓨터 앞을 거의 떠나지 않는다는 거야.

게다가 어쩌다 아빠가 자릴 비우기라도 하면 여동생 앤지가 '조랑말 머리 빗기기' 게임을 하느라고 컴퓨터를 금세 독차지해 버리거든.

어쨌든 우리는 볼링 게임이 끝날 때까지 다시 유튜브 얘기는 하지 않았어. 하지만 볼링장을 나오면서 사라와 멋쁨 그룹 애들을 또 봤는데, 아직까지도 엘모레누스의 최신 동영상에 대해 신나게 떠들고들 있더라고. 사라가 그렇게 유튜버를 좋아한다면 분명 나쁜 사람일 리가 없어.

우리는 난생처음 부모님 없이 우리끼리 외출했다는 사실에 흥분을 가라앉히지 못한 채 집으로 돌아왔어. 물론,

1) 마누가 볼링장에서 공을 뒤로 던지는 바람에 난리가 나기는 했어.

2) 케이크가 목에 걸릴 뻔도 했지.

3) 버스를 놓쳐서 집까지 걸어와야 했고.

4) 비가 와서 온몸이 폭삭 젖어 버렸지.

원래 샤워하고
싶었다고……

그럼에도 불구하고 그 정도면 꽤 괜찮았어. 마누가 코피를 한 번
도 흘리지 않았다는 사실도 굉장했어.

사라가 나를 쳐다봐 주기도 했잖아. 물론 100만 분의 1초 동안이
긴 하지만.

나는 정말이지 얼른 집에 가서 쉬고 싶었어. 토요일은 우리 집 공
식 '영화와 피자데이'거든. 일주일에 단 한 번, 텔레비전을 보면서 저
녁을 먹는 날이야.

우리 부모님은 아이들이 텔레비전을 너무 많이 보면 들짐승이나
뭐 그런 걸로 변한다고 생각해.

사실 그건 다 알폰소 삼촌 탓이야. 삼촌은 텔레비전 축구 중계를
볼 때마다 달에 착륙한 늑대가 아닌가 싶을 만큼 흥분하거든.

"쇼핑몰에서는 어땠니?"

엄마가 날 보자마자 물었어.

"그렇게 꼬치꼬치 캐묻지 마세요!"

내가 대꾸했지.

사춘기라면 모름지기 세게 나가야 되는 거잖아. 그래야 뭐든 심각하게 받아들여 주니까.

"딱 한 마디 물어본 건데……."

엄마가 어안이 벙벙한 표정으로 나를 쳐다봤어. 뭐, 사실이긴 하지.

아차! 용돈을 올려 받으려면 드라마틱하게 움직일 필요가 있어. 그래서 톤을 낮춰 아부 전략으로 가기로 했지.

"아주 좋았어요, 엄마. 근데 오늘 굉장히 예쁘시네요."

엄마는 '네-꿍꿍이가-뭔지-다-알아' 하는 눈빛을 보냈어.

"다비드 가메로!"

엄마가 내 이름이랑 성을 붙여서 불렀다는 건 뭔가 심각한 일이 있다는 뜻이야.

"이번 학기 낙제하지 않기로 한 약속 지키기 전까지 용돈 인상은 없을 줄 알아!"

도대체 엄마들은 어떤 훈련을 받기에 아이들 속마음을 이렇게 빨리 알아채는 걸까. 만약 우리 엄마가 FBI에서 일한다면 살인범들이 범죄 계획을 세우기도 전에 다 잡아낼걸?

바로 그때 아빠가 외출에서 돌아왔지. 비디오 대여점에 다녀오는 길이야. 비디오 대여점은…… 옛날 옛적 사람들이 옛날 옛적 영화를 빌리러 가던 옛날 옛적 가게를 말하는 거야.

아빠는 우리 도시에 마지막 남은 비디오 대여점의 마지막 남은 고객이거든. 가끔은 아빠가 어떤 종말론적 예언을 믿고 있기 때문에 거기 가는 게 아닐까 하는 생각이 들어.

이번 토요일은 내가 영화를 고를 차례였어. 제일 좋아하는 〈식인 상어 대 거미의 대결〉을 빌려다 달라고 했지.

그 영화는 하도 많이 봐서 속속들이 다 외울 정도였어. 그렇다고 대사를 전부 외우는 건 아니야. 상어는 말을 못 하잖아! 이 영화는 상도 많이 받았어.

🏆 구토 유발 공포 영화상 🏆
🏆 최고로 구역질 나는 영화에 수여하는 황금종려상 🏆

토요일 밤에 보기에 딱이지. 텔레비전 앞에 제일 먼저 자리를 잡은 사람은 할머니였어. 할머니는 심한 근시라서 항상 텔레비전에서 30센티미터 떨어진 자리에 의자를 놓고 앉지.

아이고, 왜 이리도 침침하다니?

"로맨스 영화니?"

할머니가 기대에 찬 눈빛으로 물어봤어. 할머니는 그 왜 있잖아. 다 보고 나면 솜사탕 8개쯤 먹고 난 기분이 드는, 그런 달착지근한 영화를 정말로 좋아하거든. 난 〈식인 상어 대 거미의 대결〉 비디오 커버를 다시 살펴보았지. 이 영화에 등장하는 하트라고는 식인 상어들이 먹어 치우는 심장밖에 없어. 그나마 다행인 것은 무슨 영화건 할머니는 중간에 잠이 든다는 거야.

부모님은 내 옆에 앉았지만 여동생 앤지는 내 앞에 자리를 잡았어. 하여간 훼방 놓는 데 천재라니까.

"다른 데 좀 앉으면 안 돼?"

내가 퉁명스럽게 말했지.

"진짜 투덜이라니까. 동생이 앉고 싶은 데 앉게 내버려 두면 안 되겠니? 밤톨만 한 애가 화면을 가리면 얼마나 가린다고 그래."

엄마가 거들었어.

앤지는 시비라도 걸 생각인지 텔레비전 앞에서 발레리나처럼 스트레칭을 시작하는 게 아니겠어?

"야, 그만해!"

내가 소리를 빽 질렀지.

그랬더니 앤지가 순진한 얼굴로 이렇게 말하는 거야.

"화면을 가리는 것도 아닌데……."

애는 어떻게 하면 나를 짜증 나게 할 수 있는지 너무 잘 안다니까.

앤지가 우주 전체에서 가장 참기 힘든 여동생이라는 말, 내가 했던

가? 이건 내가 지어낸 말이 아니야. NASA에서 입증된 거라고.

난 앤지가 화면을 가리지 못하도록 한 다음 재생 버튼을 눌렀어.

이제 영화를 즐길 시간이야.

피자와 공포 영화. 환상의 조합이지!

이번 토요일 밤은 더할 나위 없이 좋았어. 앤지가 영화 보는 걸 훼방 놓으려고 본격적으로 숨을 헐떡거리기 전까지는 말이야.

처음엔 아주 작은 소리였지.

"피유유……."

다음엔 소리가 조금 커졌어.

"푸푸푸푸우……."

그리고 결국에는 더 이상 영화를 볼 수 없을 만큼 큰 소리를 냈어.

"푸우우우우우우우우우우우우푸푸……."

나는 슬슬 화가 나기 시작했어. 앤지가 계속 이상한 숨소리를 내는 바람에 상어의 공격을 암시하는 긴장감 넘치는 음악을 제대로 들을 수 없었거든.

"앤지, 울 애기, 숨소리를 조금만 작게 내면 안 될까?"

아빠는 앤지가 짜증 나지 않도록 최대한 신경 써서 말했지. 여왕보다 더 떠받들어 준다니까.

"아가, 그런 소리를 내면 다른 사람들이 영화를 볼 수가 없어요."

"그럴게, 아빠."

앤지가 더없이 착하디착한 표정을 지었지. 그렇지만 나는 눈곱만큼도 믿어 줄 생각이 없었어. 앤지가 그러는 걸 벌써 몇 년째 참아 왔으니까.

얼마 지나지 않아 앤지의 역습이 시작되었지.

"너무 지루해애애애애애애애애애애애애애애애애."

엄마가 흠흠 목을 가다듬었어. 앤지에게 심한 말을 하고 싶지 않은 거지(유아 심리 가이드북에서 읽었는데 말이야. 부모가 소리를 지르면 아이들은 더 말을 안 듣게 되어 버린대). 하지만 엄마의 인내심이 바닥을 드러내고 있는 게 분명해.

"포니퐁퐁 공주니임~."

엄마가 다정하게 앤지를 불렀어. 여동생을 이 별명으로 부르는 소리를 들을 때마다 귀에서 호루라기 소리가 들리는 것 같아.

"우리 모두 영화를 보고 있으니까, 조금만 조용히 해 줄 수 있겠니?"

앤지는 그렇게 쉽게 물러날 아이가 아니야.

"조랑말 나오는 영화 보고 싶단 말이야."

"그거 로맨스 영화냐?"

할머니까지 기대에 찬 목소리로 물었지.

난 펄쩍 뛰었어. 더 이상 참을 수가 없었어.

"그건 불공평해. 나도 내가 좋아하는 영화 보고 싶다고! 지난주에는 네가 고른 영화 봤잖아!"

난 분명하게 기억하고 있었어. 아직도 소름이 돋는 것 같아.

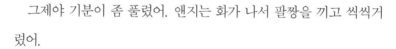

"착하지? 포니퐁퐁 공주님?"

아빠가 앤지를 달랬어.

"다비드 오빠도 영화를 고를 권리가 있단다."

그제야 기분이 좀 풀렸어. 앤지는 화가 나서 팔짱을 끼고 씩씩거렸어.

잠깐 동안은 다시 〈식인 상어 대 거미의 대결〉을 집중해서 보았지.

하지만 얼마 지나지 않아 다시 동생의 훼방이 시작되었어.

"이제 분명 저 해수욕하는 사람을 잡아먹을 거야."

아니면,

"저 피라냐 정말 마음에 안 들어. 이빨을 닦아야 하는 거 아니야?"

또는,

"왜 식인 상어가 거미랑 싸워? 차라리 해파리랑 불가사리랑 싸우면 좋겠어!"

화면 한가운데를 가리고 서서 앤지가 이렇게 말하는 거야.

"헐, 해파리랑 불가사리랑?"

나는 어이가 없었어.

"야, 그게 무슨 공포 영화냐? 하나도 안 무서울걸?"

"얼마나 예쁘겠어!"

앤지가 말도 안 되는 고집을 부렸어.

"마지막에는 해파리랑 불가사리랑 친구가 되는 거야. 그리고 함께 바다를 가로질러 헤엄쳐 가는 거지."

"그럼 공포 영화가 아니잖아. 그건 완전 지루한 영화가 될 거야!"

이를테면 엄마가 맨날 보는 역사 다큐멘터리나 할머니가 보는 싱크로나이즈드스위밍(여기서는 누구도 사랑에 빠지지는 않지만)처럼 말이야.

난 정말 화가 났어. 앤지는 아주 못 참아 주게 굴더니 영화 중간에 자기 방으로 들어가 버렸어. 말리는 사람이 하나도 없었지. 드디어 상어가 물어뜯는 소리와 앤지의 훼방 놓는 소리가 겹치는 일 없이 평화롭게 영화를 볼 수 있게 된 거야.

하지만 그건 아주 짧은 휴전에 불과했어. 영화가 채 끝나기 전에 앤지가 다시 거실로 나왔거든.

"관심 없어."

내가 대답했어.

"우리 영화 보고 있잖아."

"언제 키스한다니?"

할머니가 갑자기 물어봤지. 아직도 상어랑 거미가 사랑에 빠질 거라고 기대하고 있는 모양이야.

앤지는 또다시 화면 중간을 가리고 섰어.

진짜 정말
중요한 장면

"서프라이즈! 나 동영상 찍었어!"

정말 해도 해도 너무해. 앤지가 토요일 저녁 '영화와 피자데이' 황금 계획을 다 망가뜨리고 있잖아!

부모님도 어쩔 수 없이 앤지를 꾸지람할 게 분명했어. 마침내 정의가 실현되는 거지! 하지만 웬걸? 엄마가 관심을 보이면서 이렇게 묻는 거야.

"동영상을 찍었다고? 멋진걸!"

앤지는 에베레스트산이라도 정복한 것처럼 신이 나 어쩔 줄 몰라 했어. 정말 애를 너무 버릇없이 키운다니까!

앤지최고!

앤지가 하는 건 뭐든지 최고라고 하지. 한번은 앤지가 그림을 엄청 못 그렸는데도, 유치원 미술 대회에서 상을 받은 적이 있어. 그걸로 부모님은 파티까지 열어 줬어.

내가 수학 시험에서 85점이나 받은 날 저녁엔 달랑 양배추 절임을 해 줘 놓고 말이야.

이런 것까지 비교해야 하다니 너무 비참해. 앤지는 영화를 망치려고 작정한 거 같았어. 게다가 부모님도 상어와 거미가 대대로 벌여 온 감동적인 전쟁에는 별 흥미를 못 느끼는 게 아닌가 싶었지.

사실 아빠가 영화 중간에 코를 골기 시작했을 때 의심을 했어야 했어. 부모님은 내 말은 못 들은 척하면서 앤지가 찍었다는 동영상에 대해 더 자세히 얘기해 보라고 했어.

"방에 혼자 있으려니 너무 심심하잖아. 그래서 동영상을 하나 찍어서 유튜브에 올렸어. 제목은 '발가락 칫솔 사용법을 배워 보자'야."

아빠는 그 이야기가 몹시 재미있었나 봐.

"그게 뭐 하는 거니? 우리 포니퐁퐁 공주님?"

난 눈을 흘겼지. 제목만으로는 아무것도 짐작할 수가 없잖아.

"아무도 믿지 못할 거야! 내가 발가락으로 칫솔질하는 방법을 알 아냈거든!"

앤지가 신나서 대답했어.

"굉장한걸!"

아빠는 마치 앤지가 와이파이라도 발명한 양 감동했어.

"우리 앤지는 예술가로구나!"

"처음엔 진짜 힘들었어. 그런데 나 진짜 유연한가 봐, 발레리나 처럼."

잘못 찍은 동영상 1

잘못 찍은 동영상 2

잘못 찍은 동영상 3

"더 신나는 게 뭔지 알아? 조회수가 벌써 5야!"

그 다섯이 누구인지 뻔해. 앤지 친구들, 아론, 안드레아, 아나 S, 아나 Z, 그리고 아나 T. 이렇게 다섯이겠지. 그런데도 부모님은 완전 완전 감동의 도가니였어.

"조회수가 5나 된다고? 축하해, 앤지!"

"이제 시작이야. 여기에서 쭈욱 오스카상까지 달리는 거야!"

엄마가 더 흥분했어.

앤지는 그렇게 자기 목표를 달성했어. 가족 모두 영화를 그만 보게 하는 것 말이야. 엄마는 엄마가 '제일 좋아하는 유튜버'를 위해 스페셜 아이스크림을 만들러 주방으로 갔지. 쳇, 5분 전만 해도 유튜버가 뭔지도 몰랐으면서!

아빠도 지지 않고 그 멍텅구리 바보 같은 동영상을 아는 사람들에게 뿌리기 시작했어.

아빠의 직장 상사

앤지에게 축하한다며 할머니까지 20유로짜리 지폐를 한 장 주는 게 아니겠어. 앤지는 얼른 그 돈을 저금통에 집어넣더라고. 나중에 조랑말 인형을 산다면서 말이야.

"난 부자야!"

앤지가 정신 나간 듯 소리를 질렀어.

"이제 유튜버가 됐으니까 더 멋진 동영상을 찍어야지. 고양이가 어떻게 콧물을 흘리는지 찍어 볼까? 아, 더 좋은 생각이 떠올랐어. 내 콧물이 어떻게 나오는지 찍을래. 이건 보나 마나 대성공일 거야!"

다시 영화를 집중해서 보기 시작했을 때는 왜 상어가 거미와 싸워야 하는지도 생각나지 않을 지경이었어. 김이 다 빠져 버렸거든.

우리 친구 하면 안 될까?

앤지가 또 해낸 거야. 정말이지 아무도 영화를 보고 싶은 마음이 없어 보였어. 앤지가 모두의 관심을 독차지해 버렸거든.

아오! 늘 나의 신나는 계획을 엉망으로 만들어 버리는데, 정말 진절머리가 난다고. 날 괴롭히는 게 앤지의 취미야.

우리가 주말에 산으로 캠핑 갔을 때도 그랬지. 그때도 앤지 때문에 새벽에 캠핑장을 도망쳐 나와야 했어. 앤지가 먹다 남은 젤리를 텐트 밖으로 버리는 바람에 곰이 우릴 삼켜 버릴 뻔했거든.

게다가 앤지의 동영상은 정말 허접하다고! 보아하니 동영상이라는 건 누구나 찍어서 유튜브에 올릴 수 있는 거였어.

그래서 나도 계획을 세웠지. 앤지보다 훨씬 멋진 동영상을 하나찍는 거야. 내가 부모님의 축하를 받으면 앤지는 샘나서 죽을 지경일걸!

그리고 우리 학교에서 제일 예쁜 사라도 내 매력에 두 손 들고 말 테지.

조회수가 겨우 5인 앤지의 동영상을 뛰어넘는 건 문제도 아니야. 그렇지만 아직 한 번도 찍어 보지 않았으니, 이제부터 제대로 준비를 해야겠어.

둘째 날

일요일

일요일에는 꼭 완수해야 할 아주 중대한 미션이 하나 있었어. 동영상을 찍어서 앤지를 공주 자리에서 쫓아내는 거야.

나는 아주 일찍 일어났어. 평생 그래 본 적 없을 만큼 아주 일찍. 다시 말해 오전 11시 59분에 일어났다는 말이지. 사실 12시까지 침대에서 뭉그적거리는 날에는 아빠가 확성기를 들고 와서 나를 끌어내거든. 그 트라우마를 다시 떠올리고 싶지 않아.

난 곧장 작업에 착수했어. 스트레칭을 한 다음(특히 손가락. 인터넷을 하는 데 아주 중요한 신체 부위니까), 초코펍스 시리얼을 한 그릇 가득 담고, 배터리를 충전한 카메라를 방에 설치했지. 내 성공을 알릴 첫 동영상을 찍을 만반의 태세를 갖췄어. 카메라 앞에 자리를 잡고 목을 가다듬은 다음…….

어라, 그제야 무슨 동영상을 찍을 건지 한 번도 생각해 보지 않았다는 사실을 깨달았어. 정말 머릿속이 하얘졌어. 가장 중요한 걸 잊고 있었던 거지. 동영상은 모두 나름의 주제가 있잖아.

그런데 나는 그게 없단 말이지.

그래서 해 주는 말인데, 팁 넘버 1!

동영상에서 뭘 보여 줄지를 결정하라!

뭘 찍지? 내 채널 주제는 뭐가 될까?

유튜브에는 피아노를 치는 잉꼬부터 포켓볼 게임 동영상까지 온갖 종류의 동영상이 있다는 사실이 떠올랐어. 그러니까 적당한 소재를 찾아내기만 하면 되는 거잖아.

제일 먼저 생각난 건 게임 동영상이었어. 그게 제일 인기 있는 주제니까. 그런데 문제는 앤지가 나보다 게임을 더 잘한다는 거야. 앤지랑 '포트나이트' 게임을 하면 내가 맨날 박살 나거든.

결국 게임은 제외하기로 했어. 부모님 앞에서 여동생이 잘난 척할 기회를 주는 일만은 절대로 하고 싶지 않으니까. 다른 무언가 나만의 숨은 재능을 찾아내야만 해.

그래서 뮤직비디오를 한번 찍어 봤지.

뜻대로 되진 않았어. 내가 노래를 부르면 케이팝 스타에 나오는 사람이 아니라 도살장의 돼지 멱따는 소리가 나는 게 사실이거든.

더 심각한 건 할머니가 내 노래를 소방차 사이렌 소리로 혼동해서 지하실에 숨어 버린 거야. 위험하지 않다고 할머니를 설득해 데려오느라 진땀을 뺐지.

뮤직비디오는 포기하고 다른 최신 주제를 생각해 봤지. 바로 여행이야. 사실 우리 나이에 멀리 가 봤으면 얼마나 멀리 가 봤겠어. 기껏해야 바닷가 콘도지 뭐.

그래서 그 '여행'에 약간의 상상력을 덧붙였지. 누가 눈치챌 수 있겠냐고!

세 번째 주제도 포기. 생각보다 주제 잡는 게 복잡했어. 그래서 인기 있는 유튜버들처럼 해 봤지. 그까짓 거 그냥 테이블 위에 물건을 죽 늘어놓으면 되는 거 아냐?

할머니가 펄펄 뛰었지. 눈이 잘 안 보이니까, 나를 또 도둑으로 착각했나 봐. 할머니 옷을 훔쳐 가려 한다고. 아직도 몽둥이로 얻어맞은 곳이 아파, 우이 씨! 나한테는 작은 실패지만 패피들에게는 엄청난 손실이라고 할 수 있지.

그다음 요리 채널을 시도해 봤어. 내가 아는 레시피라고는 고작 이게 전부지만.

햄 바게트 샌드위치 만들기

여기서 팁 넘버 2!

동영상 주제는 반드시 20초 이상 채울 수 있는 걸로 택할 것.

그리고 무엇보다 옆에 있던 엄마가 음식을 후딱 먹어 치우지 못하도록 해야 해.

엄마!

이건 정말 재난이야. 하지만 적어도 누가 매일 샌드위치를 몰래 먹어 치우는지 알게 되었어.

또 다른 아이디어도 있었어. 책에 관한 채널을 만드는 거야. 북튜버라고들 하는데 책을 읽는 유튜버를 말하는 거지. 난 진짜 책을 많이 읽었거든. 구체적으로 말하면 2권이나 돼. 물론 아주 오래전 이야기지만.

햄 샌드위치
기름 자국

문제는 그 책들을 마누에게 빌려주었는데, 아직도 돌려받지 못했다는 거야(팁 넘버 5! 다시 볼 책은 절대로 친구에게 빌려주지 말 것). 그러니까 그 책 동영상은 찍을 수가 없었어.

하는 수 없이 집에서 제일 먼저 발견한 책으로 찍을 수밖에 없었지. 바로 사전이야. 그런데 사전에 대해 이야기하는 건 확실히 소설책만큼 재미있는 일은 아니야.

우아! '배뇨'가
'오줌을 눈다.'라는 뜻이래.

정리하자면 실험은 실패로 끝났어. 근데 진짜 짜증 나는 사실을 발견했는데 말이야. '○○ 않아요.'라고 할 때 '않'에는 ㄴ과 ㅎ을 같이 써야 한다는 사실. 도대체 누가 소리도 나지 않는 'ㅎ'을 그 사이에 넣을 생각을 한 걸까? 분명 선생님들이 우리를 괴롭히려고 그런 게 틀림없어.

28차 교사 헌장

학생들 머리를 최대한 복잡하게 만들기 위해
오늘도 우리는 기괴한 맞춤법을 만들어 낸다.

내 마지막 아이디어는 '언박싱' 촬영이었어. 마누가 얘기해 준 건데, 언박싱은 '롤러슈즈XD'나 '아이폰9385' 같은 최신상을 택배로 받아 그 박스 여는 걸 찍는 거야.

하지만 엄마가 인터넷으로 물건 사는 걸 허락하지 않는 데다 내 생일이랑 크리스마스도 지나 버려서 언박싱 할 물건이 하나도 없었어. 그래서 아빠가 슈퍼마켓에 다녀오기를 기다렸지. 아빠가 사 온 물건을 장바구니에서 꺼내는 장면을 찍으면 되잖아.

"제 유튜브 채널에 오신 걸 환영합니다!"

먼저 카메라 앞에서 인사를 했지. 그러고는 장바구니를 내 방으로 가지고 들어왔어.

"제 이름은 다비드 가메로. 이게 제 첫 동영상이랍니다. 언박싱이죠!"

"언박싱?"

벽 저편에서 앤지가 말했어. 언제나 나를 감시하고 있다니까!

"그게 뭐야? 권투야?"

동생이 자기 방을 나오면서 소리를 질러 댔어.

"엄마 아빠! 오빠가 허락도 안 받고 권투 시작했대!"

앤지가 여기서 눈곱만큼이라도 더 못되게 굴면 대량 살상 무기랑 동급이 될 거야.

"나 권투하는 거 아니에요!"

내가 방어를 하고 나섰지.

하지만 아빠는 1분도 안 걸려서 내 방으로 달려왔어.

"다비드, 혹시 장바구니 못 봤니? 사라져 버렸구나."

곧 방 안에서 범죄의 흔적을 발견한 아빠는 카메라 앞에서 장바구니를 열어 버렸어.

"와, 찾았다!"

다이아몬드라도 한 주먹 발견한 것처럼 호들갑을 떨었지.

"발에 뿌리는 탈취제. 이거 너도 필요할 거야, 아들아. 발 냄새는 가메로 집안 전통이거든. 우리 집안 발 냄새는 선사 시대부터 내려온 거니까. 하! 하! 하!"

재연: 선사 시대
가메로 조상

나 죽어…….

당장 라이브를 중단할 수밖에 없었어. 아빠가 내 미래 구독자들에게 우리 가메로 집안 발 냄새 이야기를 계속하게 내버려 둘 수는 없잖아. 그래, 그건 절대 안 될 일이지. 다시 실패. 유튜버가 되는 건 기말고사보다 더 어렵네(물론 커닝페이퍼가 없을 때).

하루가 후딱 지나 벌써 저녁 먹을 때가 되었어. 그날 유튜버 데뷔에 실패한 것만으로 부족했던지 앤지가 자기 채널에 새 동영상을 올렸다고 잘난 척을 해 댔어.

"10분 동안 내 발가락을 촬영했어."

쳇, 안 봐도 상상이 가.

> 혹시 쟤가 왜
> 우리를 촬영하는지 알고 있니?

> 전혀!
> 난 새끼발가락인데
> 뭘 알겠어?

"작가님 납셨어요?"

엄마가 호들갑을 떨었어.

"우리 딸은 아티스트야! 영화 수업에 등록시켜 줘야 할까?"

"엄마, 앤지가 찍은 동영상 완전 허접한 거 몰라?"

너무 짜증이 났어.

"그건 아무나 할 수 있다고."

"아하, 그래?"

앤지가 나를 노려보았지.

"오빠는 그렇게 잘났으면서 왜 동영상 하나 못 찍는 건데?"

나는 성질이 나서 앤지를 째려보았지. 하루 종일 애썼는데 못한 걸 어쩌라고.

"난 그런 멍청한 짓거리는 안 해."

내가 무시하는 말투로 외쳤지.

"닌 기린 민친힌짓 인히."

앤지가 나를 흉내 내면서 화를 돋우었어.

"흉내 내지 마!"

내가 소리를 질렀어.

"힝니니지미!"

앤지는 나를 약 올릴 때면 말끝마다 '이'를 붙여서 내가 한 말을 똑같이 따라 해.

이제는 거의 완벽에 다다랐어. 부모님이 앤지를 혼내지 않는 건 앤지가 나를 놀리는 게 아니라 라틴어로 말하는 거라고 생각해서인 거 같아. 난 더 이상 아무 말도 안 했어. 그냥 '너 두고 봐' 하는 표정을 지었을 뿐이야. 앤지는 아랑곳하지 않고 혀를 날름했지.

저녁 식사를 마치고 막 후식을 먹은 참에 전화벨이 울렸어.

마누가 국어 숙제를 보여 달라는 거였어. 하루 종일 기다렸다면서 말이야.

여기에는 설명이 좀 필요해. 며칠 전 식당에서 그 불행한 사고가 일어난 후 마누에게 국어 숙제 해답을 알려 주겠다고 약속했거든.

어떡하다 내가 마누의 눈에 케첩을 뿌리게 되었는지 정말 알다가도 모를 일이었어.

가끔씩은 마누한테 불행을 끌어들이는 마력이 있는 게 아닌가 하는 생각이 들어. 그러니까 마누가 화산 근처로 가는 건 절대로 막아

야 해. 적어도 1,000미터는 떨어져 있게 해야 하고말고.

그런데 유튜브 채널 때문에 국어 숙제를 까맣게 잊고 있었지 뭐야. 마누와의 약속을 더 이상 미룰 수가 없었지.

어떡해야 하지? 동영상을 먼저 찍을까. 아니면 숙제를 먼저 할까. 숙제? 아니면 동영상? 오케이! 숙제하는 동영상!

기발한 아이디어가 떠올랐어! 적어도 나는 그렇게 생각했어.

라이브란 생방송을 말하는 거야. 게임을 하면서 그중 제일 멋진 장면을 내보내는 사람도 있고, 구독자들과 질의응답 방송을 하는 사람도 있지.

그렇다면 나는…… 국어 숙제 하는 걸 생방송으로 내보내는 거야.

예스! 좋은 생각이야. 뭐 우주에서 가장 숭고한 테마는 아니지만, 라이브를 하면 마누가 내 숙제를 베껴 쓸 수 있을 테고, 그사이에 나는 내 채널을 위한 뭔가를 만들어 낼 수 있잖아.

이론적으로는 정말 완벽한 계획이었어. 이론적으로는 그랬단 거야. 그러니까 실제로는…… 내 인생이 송두리째 바뀌기 일보 직전이었던 거지.

숙제할 책을 꺼내고 카메라를 켠 다음, 책상에 앉았어. 라이브 버튼을 누르고 잘생긴 척하는 표정을 지었지.

헐, 시작하자마자 단숨에 두 명이나 내 방송을 보기 시작했어. '마누'랑 '푸리푸리나9'라는 사람이었어. 이 알 수 없는 구독자는 누구지? 정말 떨리는걸! 나는 얼른 조사에 들어갔지.

 푸리푸리나9: 얼른 시작해, 오빠! 나 벌써 지겹다구우우우우우우우.

이런! 집 안에서만 앤지를 참아 줘야 되는 게 아니라 이제는 인터넷에서까지 내 속을 뒤집어 놓는군. 난 앤지를 무시하고 숙제를 계속하기로 했어. 첫 문장을 언어학적으로 분석하기 시작했지.

선생님은 학생을 몹시 지겨워하신다.

가끔 마르케스 선생님이 내 주는 숙제를 보면 선생님 마음을 은근히 드러내는 경향이 있는 것 같아.

왜 우리가 그토록 마음에 안 드는 걸까? 우리가 크리스마스 때 선물한 선생님 초상화와 연관 있는지도 몰라. 우리는 정말 좋은 의도로 준 건데 말이야.

나는 다시 숙제에 집중했어.

"먼저 주어를 찾고······."

카메라를 보며 자연스럽게 말했지.

라이브 중에 또 다른 댓글이 올라왔어.

 푸리푸리나9: 진짜 지겨워. 계속 이렇게 할 거야?

앤지가 또 성가시게 굴기 시작했어. 그런데 앤지만 그러는 게 아니군.

 마누가최고: 얼른 숙제에 집중해. 야, 하나도 안 보이잖아! 나도 푸리푸리나9 말에 동의해. 이 방송은 진짜 문제야.

방송을 그만둬야 하나, 그러던 찰나 이상한 소리가 들려왔어. 방문이 약간 열려 있었지만 아무도 보이지 않았어.

"앤지!"

분명 앤지일 거라고 생각하고 소리 내 불렀지. 하지만 앤지는 자기 방에서 내 라이브에 대해 험담하느라고 바쁜걸. 도대체 어디서 나는 소리지?

푸리푸리나9: 다비드 오빠는 겁쟁이래요. 겁쟁이래요. 아직도 깜깜한 게 무서워서 스펀지밥 인형을 끌어안고 잔대요.

"그건 거짓말이야!"

카메라에 대고 소리를 질렀지.

"스펀지밥이 아니라 패트릭이라고!"

그제야 함정에 걸려들었다는 걸 깨달았어. 역사상 최악의 라이브였어. 방문을 쾅 닫아 버렸지. 복도에는 아무도 없었어. 나는 아무 일 없었다는 듯 다시 돌아와 의자에 풀썩 앉았어. 그런데 거의 1,000데시벨 정도 되는 고양이 울음소리가 들려오는 거야.

"이야아아아아아아아옹!"

깜짝 놀란 내가 더 크게 소리를 질렀어.

"으아아아아아아아아아아아아악!"

우리 집 고양이 빠다뭉치를 깔고 앉아 버렸던 거지. 녀석은 왜 그랬는지 내 방에 몰래 들어와 의자 위에 웅크리고 있었어(어쩌면 당연해, 거기가 제일 따뜻했을 테니까).

내 비명에 놀란 빠다뭉치가 로켓처럼 의자에서 튀어 올랐어. 그러더니 천장에 매달린 선풍기를 움켜쥐고는 적어도 천 번쯤 빙빙 돌았지.

"야아아아아옹!"

　그러다가 바닥으로 뛰어내렸는데, 불행히도 내 위로 떨어지고 말았어. 더 정확히 말하자면 내 바지 위로 떨어진 거야.

　긴장한 빠다뭉치는 날카로운 발톱으로 내 바지를 움켜잡았고, 바지는 순식간에 갈기갈기 찢겨 나갔어.

　사실 녀석은 수의사들이 말하는 소위 '고양이 외상 후 쇼크'라는 병을 앓고 있어. 그러니까 수백 마리의 개가 한데 모여 있는 걸 봤을 때와 같은 공포심을 느끼는 거야(치와와 같은 강아지를 말하는 게 아니야. 이빨이 훨씬 많은 개들 말이야).

　난 순식간에 팬티만 입은 꼴이 되었어. 게다가 그 팬티는…… 내가 아직도 다섯 살 먹은 꼬마라고 생각하는 우리 할머니가 선물한 곰돌이가 가득 그려진 팬티였어.

"야아옹."

쏜살같이 방을 빠져나가기 직전 빠다뭉치가 마지막으로 남긴 소리야. 이 멍청한 녀석은 잘 나가다가 방문에 부딪히고 말았어. 닫혀 있었거든. 나는 얼른 방문을 열어 주었지. 어디 다른 데 가서 야옹거리라고 말이야. 또다시 녀석이랑 싸우고 싶지 않았어. 나를 홀딱 벗겨 팬티만 남겨 놓은 걸로 충분하잖아. 그나마 방에 혼자 있었으니 망정이지. 사람이 많은 장소에서 그랬어 봐. 어휴……

바로 그때 컴퓨터에서 삐—삐— 소리가 울렸어.

새로운 메시지가 2개 들어왔어.

 푸리푸리나9: ㅋㅋㅋㅋㅋㅋㅋㅋㅋㅋㅋㅋㅋㅋㅋㅋㅋㅋㅋㅋㅋㅋ ㅋㅋㅋㅋㅋㅋㅋㅋㅋㅋㅋㅋㅋㅋㅋㅋㅋㅋㅋㅋㅋㅋㅋㅋ~.

마누가최고: 팬티에 그려져 있는 거 곰돌이 맞아? 웃겨 죽겠네. 히히히! 그 팬티는 어디서 산 거야? 친구 주려고 산 거지?

카메라 끄는 걸 잊어버렸던 거지. 이런 엄청난 실수를 하다니! 빠다뭉치와 일어난 사고가 모조리 인터넷으로 생중계되고 만 거야. 그제야 황급히 라이브를 중단했지만, 너무 늦어 버렸어.

"사람들이 전부 오빠 팬티를 봤을 거야, 푸히히히!"

앤지가 내 방으로 달려와 놀려 대기 시작했지.

"웃지 마, 하나도 안 웃겨."

난 컴퓨터 화면을 슬쩍 들여다봤어. 다행히도 이 동영상을 본 건 앤지와 마누뿐이었어. 휴우, 살았다! 이렇게 마음이 놓인 건 지난번 엄청난 토네이도가 이 도시를 휩쓸어 버린 이후 처음이야.

휴교령이
내려졌습니다.

난 파자마를 꺼내 입었어. 적어도 곰돌이 팬티는 가려야 하니까.

"꺼져라, 성가시니까."

"오빠, 내가 진짜로 동영상 촬영하는 거 도와줄까?"

앤지가 순진한 얼굴로 물었지.

"우리 가족 대표 유튜버는 바로 나니까!"

나는 여동생을 방에서 끌어냈어. 걘 웃겨 죽겠다는 표정이었지.

"다비드, 앤지 괴롭히지 마라!"

아빠가 거실에서 소리쳤어.

"얘가 날 괴롭히는 거라니까요!"

결국엔 똑같았어. 내가 오빠라고 맨날 나만 꾸중을 듣는다니까.

우리가 늙어서 할아버지 할머니가 되어도 똑같을 거야.

방문을 쾅 닫았어(이번엔 빠다뭉치가 의자 위에 있는지 잘 확인했지). 컴퓨터를 끄고는 몹시 우울한 채로 잠자리에 들었지. 내 채널의 첫 동영상을 찍느라 하루를 다 보냈는데, 얻은 거라고는 기껏 팬티 바람으로 라이브에 나온 게 전부니까.

"본 사람이 더 없는 게 그나마 다행이야."

불을 끄면서 혼잣말을 중얼거렸지.

"난 봤어!"

앤지가 벽 너머에서 외쳤어.

"악몽 꾸지 않기를 바라, 오빠. 히히히."

왜 이렇게 벽을 얇게 지은 거야? 어떨 때는 할머니 방귀 소리까지 다 들린다니까. 할머니 방은 내 방이랑 완전히 반대편에 있는데도 말이야. 할머니 방귀 소리를 들으면 잠이 싹 달아나 버려.

앤지 방이 있는 쪽 벽을 향해 슬리퍼를 던졌어. 간신히 앤지 입을 다물게 한 거지. 잠이 드는 순간까지도 앞으로 어떤 일이 벌어질지는 상상도 하지 못했고 말이야.

셋째 날

▶ 월요일

　　월요일은 언제나 최악이지. 새벽 일찍 일어나는 걸 싫어하는 사람들이 있는데, 나는 절대 그렇지 않아. 문제는 일어나자마자 거울을 보면 내가 꼭 좀비처럼 보인다는 거야. 지어내는 말이 아니야. 과학적으로 입증된 사실이라고.

허겁지겁 교실에 들어서자 몇몇 애들이 수군대기 시작했어. 슬리퍼를 잘못 신고 온 것도 아닌데 왜 그러는지 알 수가 없었지. 지난 주말 쇼핑몰에서의 일 때문에 나를 비웃는 건가? 마누에게 무슨 일인지 물어보려는 참이었는데, 선생님이 들어왔어.

"모두 제자리!"

우리 학교 과학 선생님인 강철 하사관이 딱딱하게 말했지.

"이건 명령이다!"

'하사관'은 별명이 아니야. 군대에서 훈련받는 동안에 수업을 할 수 있게 정식으로 허가를 요청해서 학교에 온 거니까. 그런데 그건 순전히 우리 청소년들을 고문하기 위해서야. 선생님은 이 세상에서 꼬마 도깨비 다음으로 우리 청소년들을 제일 싫어하거든.

강철 선생님은 칠판 앞으로 가 누군가 '이거 읽는 사람 바보'라고 써 놓은 글을 지우려고 했어. 하지만 잘 지워지지 않았어. 지우개로 있는 힘껏 문질렀지만 여전히 그대로였지. 화가 난 강철 선생님은 급기야 칠판을 떼어 내 창문을 향해 던져 버렸어.

"네가 말을 안 들었기 때문이다!"

선생님은 칠판이 말을 알아듣기라도 하는 양 소리를 꽥 질렀어.

그러고는 손을 비벼 분필 먼지를 털어 냈어. 나는 순식간에 잠이 확 깼어.

"자, 받아 적어라. 곧 깜짝 시험을 볼 거다."

심장 떨리는 소리가 여기저기서 들리는 것 같았어. 우이 씨, 긴장돼.

그런데 우리 반 공부벌레 알리시아 레포요만은 예외였어. 알리시아가 손을 번쩍 들었어.

"강철 선생님, 이렇게 미리 알려 주시는데 어떻게 깜짝 시험이라고 할 수 있나요?"

선생님은 잠시 말이 없었어. 웅얼거림도 없었지. 그 1분이 천년 같았어. 하지만 그건 적을 자만하게 만드는 전투 기법이야. 선생님은 갑자기 알리시아 레포요의 책상 위로 뛰어올라가 얼굴을 코앞에 들이대고 소리를 질렀어.

"왜 깜짝 시험이냐고? 날짜를 알려 주지 않았으니까! 이 구멍 송송

뚫린 대가리!"

강철 선생님은 목을 가다듬고 경고했어.

"금요일 시험을 통과하고 싶으면 공부를 해 두는 게 나을 거다."

알리시아 레포요가 다시 번개처럼 손을 들었어. 이번에는 선생님이 채 허락을 하기도 전에 말했지.

"방금 금요일이라고 말씀하셨어요……."

이 한마디에 선생님의 인내심은 바닥나 버렸어. 선생님은 가방에서 빨간색 테이프를 꺼내더니 알리시아 주위를 빙 둘러 감아 버렸어.

강철 선생님 수업은 늘 이런 식이야. 언제 네게 전쟁을 선포할지 알 수 없지. 그사이 우리 반 아이들이 나를 왜 그렇게 쳐다보는지 열심히 조사했어.

우리 학교 2학년인 마르코스 산체스의 아빠가 마르코스 머리를 빡빡 밀어 버린 이후로 애들이 누군가를 그렇게 열심히 처다보는 건 처음이었거든.

마누는 바로 내 옆에 앉아 있었어. 어쩌면 내 친구 마누는 무슨 일이 벌어지고 있는지 알고 있을지도 몰라.

"왜 모두들 나를 처다보는 거야?"

내가 낮은 목소리로 물었어.

"그걸 여태 몰랐어?"

마누가 깜짝 놀라 대답했지.

마누는 작게 말하려고 하면 평소보다 목소리가 두 배로 커지는 버릇이 있어. 마누에게 목소리를 낮추라고 손짓했지. 강철 선생님이 우리 가까이 서 있었거든.

"내가 뭘 모른다는 거야?"

"네가 알아야만 하는 거."

마누가 말도 안 되는 소리를 늘어놓았어.

"그래서, 내가 알아야 하는 게 뭔데?"

내가 점점 짜증 나는 목소리로 물었어.

"그러니까 네가 모르고 있어서 이제 빨리 알아야 하는데, 그런데도 아직 모르는 그거."

이게 마누 스타일이야. 관심을 끌고 싶을 때면 대화를 끝도 없이 늘려 가는 버릇이 또 나왔어.

한번은 마누가 시계를 선물 받았는데, 그때 내가 우연히 마누에게 시간을 물어본 적이 있어.

정말 몇 시인지 알고 싶어?

그러더니 잠시 후,

그리고는 마침내,

마누는 가끔 못 말릴 때가 있어. 그날은 다른 애들이 나를 쳐다보는 문제로 날 화나게 했어. 무슨 일이 있는 게 분명해. 그럴 땐 어떻

게 해야 하는지 난 너무나도 잘 알아.

"무슨 일인지 얼른 말해. 아니면 다시는 샌드위치 너랑 나눠 먹지 않을 거야."

내가 협박했어. 마누한테는 그걸로 충분해. 내 친구 마누는 우리 집 샌드위치라면 사족을 못 쓰거든. 채식주의자 집안에서 사는 자의 슬픔이랄까.

"나한테서 햄 샌드위치를 빼앗아 가는 일은 하지 말아 줘, 제발!"

마누가 흐느꼈지.

그런데 그 목소리가 너무 컸어. 강철 선생님이 그 소리를 듣고 마누 옆으로 가 섰어.

알리시아 레포요가 손을 번쩍 들었어.

"정확히 말하면 선생님이십니다."

알리시아는 추가 점수를 받으리라 기대했겠지만, 선생님은 알리시아를 공중으로 날려 버릴 기세였어. 창문이 쇠창살로 막혀 있었으니 망정이지.

이윽고…… 긴장감 넘치는 장면이 연출될 때마다 매번 반복되는 일이 또 벌어지고 말았어. 마누가 코피를 흘리며 쓰러졌고, 강철 선생님이 마누를 보건실로 데려갔지.

마누가 교실 밖으로 나가 버렸으니, 아이들이 왜 나를 쳐다보는지 궁금증을 풀지 못했어. 쉬는 시간까지 기다리고 나서야 내 친구 마누를 다시 만날 수 있었어.

"이제 무슨 일인지 말해 줄래?"

"아직도 모른단 말이야? 네 동영상 때문이지!"

내 동영상? 소름이 돋는 것 같았어. 할머니가 내 앞에서 틀니를 뺄 때처럼 말이야.

운동장에서 농구를 하던 아이들이 나를 보자 소리를 질렀어.

"야, 너! 오늘도 곰돌이 팬티 입고 왔냐?"

난 사우나에 들어간 멧돼지처럼 씩씩거리기 시작했어. 마누는 이 상황을 즐기는 것처럼 보였지.

"우리 학교 애들이 전부 네 동영상을 봤어. 정말 굉장하지 않니?"

"굉장하다고? 내 머릿속엔 더 알맞은 형용사들이 떠오르는데? 끔찍해, 끔찍하다, 끔찍스럽다……."

사전 읽는 동영상을 찍은 효과가 이런 데서 나타나다니!

"오늘 아침에 말해 주려고 했는데, 네가 너무 잠에 취해서 내 말에 귀를 기울이지 않았잖아."

내가 아침이면 좀비가 된다는 말, 그거 진짜 사실이거든.

마누는 별일 아닌 듯 말하려고 애썼어.

"다들 금세 잊어버릴 거야. 유행은 지나가기 마련이잖아."

"도대체 몇 명이나 그 동영상을 본 건데?"

나는 잠시 현기증이 나는 것 같았어.

마누는 눈을 하얗게 흘겨 떴어. 마누가 이러면 난 정말 긴장하게

돼.

"라이브하는 동안에는 딱 두 사람밖에 보지 않았지. 그런데 그건

내가 페친들과 공유하기 전 이야기이고……."

"뭐? 그걸 공유했단 말이야?"

"그…… 그래그래."

마누가 말을 더듬었어.

"딱 2명한테만 보냈는데, 아니 3명인가……."

결국
212명에게
전송

"근데 진짜 재밌었다고!"

마누가 변명을 늘어놓았지. 마누의 페친들이 또 자기 페친들에게 보내고, 걔네가 또 자기 페친들에게 보내고…… 그러니까 수학에서 거듭제곱하는 거랑 똑같았단 말이지. 그것도 내 멍청한 짓거리를 가지고.

운동장에 있는 애들이 전부 나를 쳐다보았어.

교실에서도 모두 나를 바라봤지.

다른 학년 애들도 마찬가지였어.

선생님들까지도 입가에 미소를 띠고 나를 손가락으로 가리키며 이야기를 나눴지.

곰돌이 슬리퍼를 신고 학교에 갔을 때랑 똑같은 일이 벌어진 거

야. 휴지통까지 나를 비웃는 것만 같았어.

남은 수업 내내 동영상에 대한 놀림을 참아 내야만 했어. 강철 선생님까지 그 동영상을 봤나 봐.

"다비드 가메로!"

선생님이 복도에서 나를 보자 소리쳤어.

"그 짐승이 고양이이길 천만다행이다. 전투에서 만난 적군이었다면…… 탕! 너는 죽은 목숨이다."

"위로해 주서서 감사합니다, 강철 선생님."

"위로하는 게 아니다."

선생님은 거의 울부짖었어.

"나라면 그런 멍청한 짓은 안 한다. 전쟁이 나를 강하게 만들었지!"

그러고는 언제라도 적군이 공격해 올 수도 있다는 듯 사방을 경계하며 교무실로 향했어. 선생님은 약간 정신이 이상한 게 분명해.

계속 놀려 대는 아이들한테 지친 나는 2층 화장실로 피신했어. 지난 학기 그 화장실 변기 중 하나가 물 내리는 게 고장 난 이후로 거긴 학교에서 가장 조용한 곳이 되었어. 지독한 하수구 냄새 때문에 아무도 얼씬거리지 않거든.

그곳이라면 아무도 날 괴롭히지 않을 거야!

하지만 그건 착각이었어. 그 화장실 칸으로 들어가자마자 문소리가 나더니 누군가 들어오는 거야.

화장실 문을 빠끔 열고 살펴보았지. 다름 아닌 내 친구 마누가 아니겠어.

"내가 여기 있는 줄 어떻게 알았어?"

내가 깜짝 놀라 물었어.

내 친구도 나만큼 놀란 듯했어.

"아니, 몰랐어. 난 원래 '큰 볼일 보러' 이리 오는 걸 좋아해. 누가 있으면 나오질 않아서 그래."

더 자세한 이야기는 듣고 싶지 않아. 전교생의 관심이 집중되는 걸 참는 것도 힘든데, 마누의 배 속 비밀까지 속속들이 알고 싶지는 않았거든.

"끔찍해. 모두가 비웃고 있어."

내가 한탄했어.

"예전부터 그랬는데, 뭘. 별로 달라진 것도 없잖아."

마누가 콕 집어 말했어.

친구라는 게 이러니, 누가 친구고 누가 적인지 원.

"진짜야, 집에 틀어박혀 있어야 할까 봐. 내 사회생활은 이제 끝장
이야."

앞으로는 노트르담의 꼽추처럼 살아야겠지. 그렇지만 와이파이는
있는 꼽추.

마누는 내 등을 토닥여 주었어.

"뻥이 심하다. 일주일도 안 돼서 다들 잊어버릴 거야. 스피너가 유

행했을 때처럼 말이야."

　그건 두말할 필요도 없었어. 애들은 정말 눈 깜짝할 사이에 까맣게 잊어버렸지. 우리 부모님이 스피너를 사 주자마자 말이야!

　제발 마누 말이 맞기를, 그래서 그 사건이 속히 잊히기를 진심으로 바랐어. 만약을 위해 이번 학기를 마칠 때까지 아무에게도 눈에 띄지 않게 변장을 하고 다녀야 할까?

그때 수업을 마치는 종소리가 울렸어. 마누와 나는 학교를 잽싸게 빠져나왔지.

집으로 돌아오는 길에서도 엄청 놀림을 당해야만 했어. 동영상을 본 사람들은 학교 애들만이 아니었나 봐. 이럴 수가! 경찰 아저씨들까지 봤더라고!

"저기 봐, 고양이랑 팬티 동영상에 나온 애잖아!"

아저씨 하나가 날 보고 소리쳤지.

"하하하."

'그렇게까지 하실 게 뭐람.'

난 고개를 숙인 채 웅얼거렸어.

'차라리 멍청이라고 벌금을 물리는 게 낫겠어.'

정말 거지같은 기분으로 집에 돌아왔어. 엄마 아빠가 벌써 집에 와 있더라고. 부모님이 안아 주면서 날 위로할 줄 알았어. 앤지에게 조그만 생채기라도 날라치면 늘 해 주듯 그렇게 말이야. 그런데 웬걸, 바보처럼 실실 웃는 거야.

"엄마 아빠까지 이럴 거예요?"

내가 화를 냈지.

"근데 정말 재미있지 뭐니."

엄마가 미안해했어.

"풉, 그만 웃을게. 약속!"

약속을 지키는지 보려고 한참 엄마 아빠를 노려보았지.

한 1분 정도는 잘 참는 거 같았어.

"웃을 일이 아니라고요!"

내가 화난 목소리로 외쳤어.

"바지 찢어져 본 적 없어요? 한 번도?"

히히히

"맘대로 해요. 그냥 웃으시라고요. 못 참겠는 거잖아요."

엄마 아빠는 그제야 시원하게 웃음을 터뜨렸어.

"하하하하하하하하하."

거의 5분 동안이나 계속 웃었어. 그러고 나서는 동영상이 엄마 아빠 직장까지 돌았다고 얘기하는 거야. 그걸 보고 웃지 않은 사람이 없었다면서 말이야.

"스스로를 자랑스럽게 생각해야 해."

엄마가 말했어.

"정말 너무 재미있단다."

"그러려고 그런 게 아니라고요!"

하지만 그런 말을 해 봤자 아무 소용없었어. 엄마 아빠는 시종일관 웃겨 죽겠다는 얼굴이었지.

앤지도 가세했어.

"오빠, 팬티 좀 다시 보여 줄래?"

동생이 놀려 댔어. 깔깔대며 웃는 소리가 점점 더 커졌지.

"우리 반 애들도 그 얘기만 하더라고."

웃지 않는 사람은 할머니밖에 없었어. 할머니는 최애하는 안락의자에 심각한 표정으로 앉아 있었어.

"예쁜 팬티인데 왜 그런다니?"

할머니가 투덜거렸어.

"어쨌든 내가 선물했다는 거 잊어버리지 말거라!"

"고마워요, 할머니."

그 순간 내 편이 되어 주는 건 할머니밖에 없다는 생각에 볼에 뽀뽀를 했지. 근데 뒤통수가 따갑더라. 돌아보니 빠다뭉치가 거실 한 귀퉁이에서 평소처럼 '내가 세상을 지배하겠어!'라는 표정으로 나를 바라보고 있었어.

"전부 네 탓이야! 네가 내 바지를 갈가리 찢지만 않았어도 아무 일 없었을 텐데."

야옹.*

*어이, 인간. 우유 좀 줘.

"멍청한 고양이 같으니라고!"

거실에 식구들의 웃음소리가 울려 퍼지는 사이 나는 방으로 뛰어 들어갔어. 그러고는 결심했어. 저 웃음소리를 그치게 해 주겠어! 재빨리 휴대폰을 켜고 내 채널에 들어갔지.

헉, 조회수를 본 순간 숨을 쉴 수가 없었어. 그 끔찍한 동영상을 올린 지 24시간도 채 지나지 않았는데, 벌써 15만 3,495명이나 봤다니!

"난 이미 50번이나 봤어. 히히. 볼 때마다 더 웃긴 거 같아."

앤지가 벽 저편에서 소리쳤어.

"내가 뭘 보고 있는지 어떻게 아는 거야, 이 굼벵이야."

가끔은 앤지가 투시력이 있는 게 아닌가 싶어. 내가 화장실에 문을 닫고 앉아 있을 때 복도에서 이렇게 소리 지르기도 하거든.

뭐 그건 초능력이 아닐 수도 있어. 고약한 냄새가 문틈으로 빠져 나간 걸지도 모르니까.

난 동영상에 집중했어. 15만 3,495명이 봤을 뿐만 아니라(수정할게, 정확한 조회수는 15만 5,003. 비누 거품처럼 불어나고 있어), 댓글도 어마어마하게 달려서 그걸 다 읽으려면 몇 년은 걸릴 것 같았어.

그날 내 동영상은 유튜브에서 가장 인기 있는 동영상으로 꼽혔고, 엘모레누스가 1분 만에 레몬 8개를 먹는 동영상 기록을 가볍게 깨 버렸어.

하지만 장난은 거기까지야. 사람들의 시선과 비웃음을 1초도 더 참지 않겠다고 생각했지. 동영상을 영원히 삭제해 버리려고 했거든. 엄마가 휴대폰을 학교에 가져가는 걸 금지하지만 않았어도 훨씬 전에 이미 그렇게 했을 거야.

하지만 언제라도 너무 늦은 때는 없는 거야. 삭제 버튼을 누르기만 하면 그 동영상은 이 우주에서 사라져 버릴 테고, 그냥 희미한 옛 추억으로 남게 될 테지. 실제로 일어난 일인지도 알 수 없는 전설이 되고 말 거라고.

꼬마랑 고양이 동영상이라고?

꿈을 꿨나 봐. 그런 게 있었을 리가 없지.

빅풋

네시

동영상을 삭제할 권한이 있는 사람은 오직 나뿐이야. 그 채널을 만든 사람. 나는 운영자 계정으로 들어갔지. 구독자가 10만이 넘는 걸 보니 심장이 거세게 뛰기 시작했어. 겨우 동영상 하나를 올렸을 뿐이잖아. 이건 앤지의 동영상을 본 얼간이 5명과는 비교도 안 되는 숫자였어.

하지만 숫자 따위에 흔들릴 내가 아니지. 난 해야 할 일을 분명하게 알고 있었어. 더 많은 사람들이 동영상을 보기 전에 아주 신속하게 작업을 끝내야 한다는 것도 말이야.

동영상 메뉴를 선택했어. 내가 원하던 버튼이 눈에 들어왔지.

아주 간단한 일이었어. 버튼 하나만 클릭하면, 짜잔! 내 악몽은 끝나는 거지. 그러면 정상적인 생활을 회복하고, 다시 학교에서 제일 인기 있는 아이가 되는 거야. 뭐, 그런 일이 일어난 적은 없지만……. 그래도 꿈꾸는 데 돈 드는 거 아니잖아! 난 그냥 보통 찌질이가 되기로 나 자신과 타협했어. 팬티 동영상에 나오는 찌질이 말고.

그 정도면 약간 진전 있는 거 아닌가? 엄지손가락이 막 삭제 버튼을 누르려는 찰나였어. 그냥 휴대폰 화면에 손을 대기만 하면 이 모든 이야기는 끝나는 거였어. 동영상이 없어지면 애들의 놀림도 끝날 테니까.

그때 갑자기 알림이 떴어.

사라_멋쟁이 님이 동영상에 댓글을 올렸습니다.

온몸의 피가 얼어붙는 것 같았어. 그러니까 말이 그렇다는 얘기야. 실제로 피가 얼어붙는 사람은 없잖아. 내가 갑자기 〈겨울왕국〉에 나오는 엘사가 되기 전에는 말이야.

내 몸이 완전히 굳어 버린 이유는 마지막으로 댓글을 단 아이디가 다름 아닌 '사라_멋쟁이'였기 때문이야. 난 그 아이디를 아주 잘 알아.

왜냐하면 사라_멋쟁이는 우리 학교 홈페이지에 올라오는 모든 사진에 댓글을 달거든. 걘 우리 학교뿐 아니라 인근 모든 학교 통틀어 팔로워, 구독자, 팬이 제일 많은 아이야.

다시 말하자면 사라_멋쟁이가 바로 내가 좋아하는 그 사라야. 처음엔 그 애 댓글을 무시할 생각이었어. 날 비웃는 걸 읽고 싶지 않았거든.

동영상을 삭제하면 사라_멋쟁이의 댓글도 함께 날아가 버릴 테고 그럼 모든 문제와 바이 바이. 그런데 유혹을 이겨 낼 수가 없었어. 그 댓글은 읽어야만 했어.

난 원래 호기심이 많아. 궁금한 건 절대 못 참지, 나도 알아!

한번은 느낌이 어떤가 보려고 할머니 안경을 써 본 적도 있어.

여기서 팁 넘버 6. 할머니 안경 따위는 절대 쓰지 마. 사흘 동안 눈앞이 빙글빙글 돌거든.

결국 댓글을 읽어 보고야 말았어.

 사라_멋쟁이: 이 동영상 넘 웃겨! 여기 나오는 애 우리 학교 다녀. 이렇게 쿨한 앤 줄 몰랐어.

뇌 회로가 뚝 끊기고 머릿속에 수천 개 폭죽이 터지는 기분이었어. 우리 학교에서 제일 예쁜 사라가 나보고 쿨하다고? 날 안다는 걸 자랑하는 거야?

우주가 미쳐 버리는 것 같았어. 내가 쿨하다니. 한 번이라도 내가 쿨한 적이 있었다면, 너무 쿨해서 집에 있는 양탄자를 둘둘 말았을 때뿐일걸!

다시 한번 잘 생각해 보았어. 동영상 조회수가 1초마다 엄청나게 불어나고, 채널 구독자도 점점 늘어나고 있었지. 거기다가 사라가 나를 주목하고 있다는 사실!

난 동영상을 지우지 않기로 했어. 이 새로운 상황을 즐겨 볼 테야! 공식 유튜버라는 이 상황을!

넷째 날

화요일

내 생활은 180도 바뀌었어. 사라의 댓글이 모든 걸 바꿔 놓았어. 사라가 날 멋지다고 생각한다면 그 동영상이 아주 허접한 것만은 아닐 수도 있으니까. 단지, 다른 사람들도 그렇게 생각하도록 만들어야 하는 문제가 있기는 해도 말이야.

다음 날 앤지가 내 침대로 올라와 나를 깨웠어.

"오빠, 아직도 동영상 삭제 안 했어?"

동생 목소리를 듣지 않으려고 돌아누웠지.

하지만 앤지가 이불을 끌어당기는 바람에 바닥으로 굴러 떨어져 버렸어. 마지못해 눈을 비비며 동생 말을 들어 줘야 했지.

"원하는 게 뭐야, 굼벵이?"

앤지는 어느새 착한 척하는 얼굴로 변했어. 놀이공원에서 솜사탕을 사 달라고 조르거나 집에서 아이스크림을 두 배로 달라고 할 때 짓는 표정이지.

"내가 오빠 동생이고 또 오빠를 무지 좋아하니까 하는 말인데, 오빠 동영상 조회수가 50만을 넘었어."

뭔가 음모를 꾸미는 듯한 차분한 말투였지.

"어젯밤에 오빠를 놀리기는 했지만, 이제 얼른 동영상을 지워야 할 거 같아. 그래야 사람들이 더 이상 그걸 보지 않을 거 아냐. 내가 이렇게 알려 준 거 좋아? 안 좋아?"

앤지는 정말 날개만 달면 천사가 될 거야.

그렇지만 안 속지, 안 속아. 무슨 꿍꿍이인지 다 안다고.

"내 동영상이 성공을 거두는 게 신경 쓰여서 그러는 거지?"

앤지가 입술을 꽉 깨물었어.

"내 걱정은 하지 마, 동생아. 이미 결심했어. 난 유튜버가 될 거야. 그리고 이 동영상이 내 첫 성공작이고."

앤지의 천사 같던 얼굴이 금세 악마로 변해 버렸어.

"당장 삭제하라고!"

앤지가 소리를 꽥 질렀지.

난 알 듯 말 듯 미소를 지었어. 앤지는 믿을 수가 없다는 얼굴이었어.

"삭제하지 않을 거라는 거 알려 줄게. 앞으로 영원히."

내 마지막 한마디에 앤지는 엄마 아빠에게 일러바치러 뛰어갔어.

"오빠가 동영상 삭제 안 할 거래. 나 괴롭히려고 그러는 거래."

난 자초지종을 얘기하려고 주방으로 앤지를 따라갔어. 하지만 그럴 필요가 없었어. 아빠가 앤지의 등을 토닥여 주기는 했지만 한여름 파리 보듯 무시하고 있었거든.

"오빠는 자기가 무슨 일을 하는지 잘 알고 있어. 그렇게 고자질쟁이가 되면 못써, 아가."

앤지가 뚜껑이 열리기에 충분했지. 앤지는 부모님이 응석을 받아 주고 오냐오냐해 주는 데 익숙해져 있어서, 아빠가 내 편을 드니까 구미 젤리를 먹다 체한 것보다 더 기분이 나쁜 것 같았어.

동생은 아침 식사 내내 내게서 눈을 떼지 않았지만, 나는 뭐 별 관심이 없었지. 이번 동영상을 잘 이용해서 진정한 유튜버가 되기로 결심했으니까. 실패를 꼭 성공으로 뒤바꿔 놓고 말겠어.

"착하게 굴면 네 생일에 구독자 한 100명쯤 선물해 줄게."

아빠가 못 듣는 틈을 타서 내가 앤지에게 속삭였지.

앤지는 거의 입에서 불을 뿜는 것 같았어. 안절부절 조바심을 냈지. 내가 자기보다 더 큰 성공을 거둔 걸 참을 수가 없던 거야.

학교에서의 하루가 시작됐어. 하지만 어제와는 아주 달랐어. 애들이 나를 이상한 날벌레처럼 쳐다보지 않았거든. 그 반대로 내가 우주 전체에서 제일 멋진 애라도 되는 양 말을 걸어왔지.

난 우리 학교 멋쁨 그룹 애들처럼 그 소리가 창밖 빗소리라도 되는 듯 음미하며 천천히 복도를 걸었어. 평소엔 사실 걔들이 알랑거리는 애들을 신경 쓰지 않으려고 일부러 귀마개 같은 걸 꽂고 다니는 건 아닌가 했거든. 그런 게 아니라면 귓속에 귀지가 꽉 차 있거나.

교실에 들어서자 애들이 모여 쑥덕거리고 있었어. 난 또 핵인싸인

어떤 애가 주말에 뭘 할 건지 이야기하고 있나 보다 생각했지. 그런데 역사상 최초로 그 한가운데 마누가 있는 거야.

게다가 지난번 우스꽝스러운 분장을 하고 교실에 나타났을 때와는 달리, 이번에는 그런 걸로 애들의 이목을 집중시키는 게 아니었어.

왜? 포켓몬을 더 많이 잡으려고 그러는 거야.

모두들 마누의 말을 진지하게 듣고 있었어.

"진짜라니까. 다비드와 고양이 동영상은 내 아이디어야."

마누는 정말 태연하게 이야기를 이어 갔어.

"유튜버가 되라고 한 것도, 고양이 동영상을 올리라고 한 것도 나야. 정말 굉장한 아이디어 아니니?"

"에헴, 에헴."

내가 주의를 끌려고 목을 가다듬었지.

애들은 내가 나타나자 마누를 버리고 모두 내 주위로 몰려들었어.

넘버원이 나타났는데 누가 넘버 투 옆에 남아 있겠어? 하루 전만 해도 나를 놀리기 바빴던 우리 반 애들이 이제는 나랑 셀카를 찍고, 자기 팔로워들에게 인사말을 녹음해 달라고 야단이었어.

"나랑 사진 찍자!"

"사인 한 장만 해 줘!"

"내 인스타에 올릴 영상 하나만 찍어도 될까? 팔로워가 구름처럼 몰려들 거야."

이상한 일이었어. 난 어제랑 달라진 게 없는데, 달라진 거라고는 태도뿐인데. 내 동영상이 부끄러워서 화장실에, 또 휴지통 뒤에 숨는 대신 이렇게 인기 있다고 잘난 척하고 있는 것뿐인데 말이야. 난 그날, 내가 먼저 스스로를 비웃으면 어느 누구도 날 비웃을 수 없다는 사실을 알게 되었어.

물론 집에서 신는 슬리퍼를 신고 학교에 가는 것만 빼고 말이야. 그건 어떻게 수습할 방법이 없거든.

내가 할리우드 스타라도 된 양 팬 서비스를 하고 있는데, 강철 선생님이 교실로 들어왔어. 아이들이 서둘러 제자리로 돌아갔지. 멍청한 얼굴로 교실 한가운데 그대로 서 있는 건 나뿐이었어. 천천히 고개를 들었더니 애들은 전부 제자리에 앉아 있고, 나만 홀로 버려진 게 아니겠어. 다시 따돌림을 당한 거지.

강철 선생님은 나를 전리품이라도 되는 양 바라보았어.

"웁, 얼른 앉을게요."

난 벽과 한 몸이 된 듯 딱 달라붙어 내 자리로 갔어. 강철 선생님은 언제라도 팔 굽혀 펴기를 시키거나 학교 담벼락을 오르라고 명령을 내릴 수 있거든. 선생님이 교실에 들어왔을 때 감히 서 있을 수 있는 사람은 아무도 없어.

평소와는 달리 선생님은 칠판지우개를 던지지 않았어. 그다음에 일어난 일은 더 이상했지. 할머니가 물구나무서기로 산을 올라 정상에서 춤을 추는 것보다 이상했어.

룰루랄랄라.

정말 이상하게도 강철 선생님이 축하의 말을 건네는 거야.

"네 동영상이 아주 훌륭하다고 칭찬해야겠다, 다비드. 지금 인터 넷 검색 순위 1위다."

"선생님도 동영상을 보세요?"

깜짝 놀라 물었지. 난 선생님들은 구글에서 '학생들이 절대 해내지 못할 숙제' 같은 것만 검색하는 줄 알았어.

"당연하지."

선생님이 자랑스럽게 대답했어.

"난 '교내 군사 훈련' 채널의 열렬한 팬이다. 특히 언박싱을 정말 좋 아한다!"

그 채널에서는 어떤 종류의 언박싱을 하는지 미처 물어볼 새가 없 었어. 선생님이 이미 나를 칠판 앞으로 끌고 가고 있었거든. 벌을 주 려나 보다 했는데, 그게 아니었어. 시범을 보이라는 거였지.

"동영상에 나오는 표정을 다시 보여 줄 수 있겠나?"

선생님이 기대에 찬 얼굴로 얘기했어.

"정말 우스꽝스럽던데!"

"다시 해 보라고요?"

이 지구상 어느 누가 그런 부탁을 했더라도 거절했을 거야. 하지 만 강철 선생님이잖아.

그 누구도, 어떤 것도 거절할 수 없는.

강철 선생님에게 마지막으로 "아니요."라고 말한 사람은 학교 조리사 선생님이었어. 야채수프를 더 달라는 강철 선생님의 요청을 거절했지. 그리고 다시는 조리사 선생님을 학교에서 본 사람이 없었어.

강철 하사관 사물함

그러니 선생님이 동영상에 나온 표정을 다시 지어 보라고 하면 해 볼 수밖에. 난 빠다뭉치가 내 위로 뛰어올랐을 때 깜짝 놀랐던 표정을 지었어.

강철 선생님은 너무 신나 하면서 팔짝팔짝 뛰었어.

"오, 너무 감동적이야! 우리 대대에 가서 이 이야기를 하면 아무도 안 믿을걸!"

선생님은 전쟁 무기인 바주카포라도 선물받은 것처럼 감동했어.

우리 반 아이들도 모두 마찬가지였어. 유명해지고 나면 인상이 완전히 바뀌나 봐.

마누는 사방에 대고 이렇게 이야기하고 다녔어.

"나랑 제일 친한 친구야."

이윽고 이 소동이 지루해진 선생님이 분위기 깨는 이야기를 했어.

"자, 이제 그만 놀고 공부해. 이 빈둥거리는 녀석들아! 깜짝 시험이 겨우 사흘 남았다."

알리시아 레포요가 손을 들었지만, 강철 선생님이 사나운 눈초리를 보내자 질문할 마음이 싹 가신 듯했어. 선생님이 먼 나라 싸움터로 보내 버릴까 봐 무서웠던 게 틀림없어.

그날 가장 이상했던 건 강철 선생님이 부탁을 한 일이 아니라, 사

라와 마주친 일이었어. 내가 늘 꿈꿔 왔던 그 아이 말이야.

쉬는 시간이었어. 보통 나와 마누는 쉬는 시간에 공에서 멀찌감치 떨어져서 문 근처에 서 있어.

이미 알고들 있겠지만 내 친구는 공을 끌어들이는 자석 같은 힘을 가지고 있어. 그리고 난 더 이상 마누가 코피를 흘리는 위기 상황을 겪고 싶지 않아.

그런데 내 갑작스러운 유명세 때문에 우리 학교 멋쁨 그룹 애들이 날 자기네 그룹으로 초대한 거야. 학교 운동장 느릅나무 아래로 말이야.

"그리로 오라고?"

내가 믿을 수 없다는 듯 물었지.

전에 내가 느릅나무 아래로 갈 일이 있었다면, 그건 걔들이 내 샌드위치를 훔쳐 갔기 때문이지.

"이젠 너도 우리 그룹이야."

지난 주말 쇼핑몰에서 나를 비웃던 세르히오가 말했어.

"너도 멋쁨 그룹 멤버라고."

마치 아서왕이 원탁의 기사에게 기사 서품을 내리듯이 말이야(서품은 서서 폼을 잡는다는 뜻이 아니라 기사로 임명한다는 말이야. 이것도 사전 동영상 찍으면서 배웠어).

이봐요,
나 여기 있다고요!

난 멋쁨 그룹 애들이 늘 모이는 멍청이 접근 금지 구역으로 끌려갔어. 구름 위를 걷는 기분이었지. 그곳에 도착한 후 걔들의 대화가 정말 심오하다는 걸 깨달았어.

"우린 정말 멋져."

그중 하나가 말했어.

"그래, 정말 멋지지."

"완전 멋져."

또 하나가 말했어.

"뭐 멋진 일 해 볼까?"

다른 애가 말했어.

"멋져."

"멋져."

"멋져."

"멋져."

굉장했어. 몇 시간이고 쉬지 않고 이야기할 수 있을 것 같았어. 멍청한 소리를 하지 않도록 조심하기만 하면 돼.

갑자기 걔들이 일제히 날 바라봤어. 뭔가 말하기를 기대한 거지. 헐, 이건 구술시험보다 더 끔찍해. 내가 무슨 말을 할 수 있겠어? 여하튼 제일 먼저 머리에 떠오른 말을 내뱉었어.

"맞아, 완전 멋져."

모두들 고개를 끄덕이며 대답했어.

무슨 말을 해도 마찬가지였어. 난 안도의 한숨을 내쉬었지. 엄격한 입단 심사를 마친 기분이었어.

바로 그때 그 아이가 나타났어.

사라.

난 벌린 입을 다물지 못했어. 그러니까 너무 크게 벌리고 있었지.
턱이 바닥에 닿는 것 같았다니까.

"네가 그 동영상에 나오는 애지?"

사라가 나를 보며 물었어.

난 대답하려고 했지만 말이 나오지 않았어.

"어어어어어어……."

다른 애들은 내가 고장 난 텔레비전이라도 되는 양 쳐다보았어.
사라는 분명 내가 나사 하나가 빠졌다고 생각했을 거야.

난 여전히 말문이 막힌 채였어.

"어어어어어어어어어어어……."

사라는 막힌 관을 뚫는 것처럼 내 머리를 가볍게 톡톡 건드렸어.
그제야 대답을 할 수 있었어.

"맞아, 나야."

그랬더니 사라가 말했지.

"멋져."

그리고는 한쪽 눈을 찡긋해 보였어. 다른 아이들이 한목소리로 사라에게 대답했지.

"멋져."

"멋져."

"멋져."

"멋져."

난 누군가 멋쁨 그룹 애들의 언어 사용에 대해 연구해야 한다고 생각해. 한 단어로 모든 걸 해결할 수 있게 발달한 새로운 언어를 만들어 낸 게 분명했으니까.

멋쁨 그룹에 받아들여지는 데는 5분도 채 걸리지 않았어. 그룹 멤버가 되는 건 생각보다 나쁘지 않더라고.

그때 쓰레기통 뒤에서 나를 지켜보고 있는 마누를 발견했어. 걔가 스파이였다면 금방 들통 났을 거야. 난 마누에게 손짓했지.

"마누, 거기서 뭐 해? 이리 와!"

마누는 씨익 웃으면서 새로운 친구들 그룹으로 다가오려고 했어.

하지만 걔들이 동시에 소리를 질러 댔지.

"뭐 하는 짓이야?"

"저런 찌질이를 부른 거야?"

"맨날 코피 쏟는 애 아냐? 쟤 이상해."

세르히오가 비웃었어.

"내 명품 옷이 피로 더럽혀지는 건 싫어."

정말 난처했어.

"하지만 내 친구인걸. 입학했을 때부터 어디든 늘 함께 다녔어."

내가 설명했지.

멋쁨 그룹 애들은 조금도 물러서지 않았어.

"쟨 멋지지가 않아."

"너무 멋진 데가 없어."

"멋진 거 반대말이 뭐지?"

어떤 아이가 물었어.

"안 멋짐."

제시카가 대답했지.

"그렇다면 쟤는 슈퍼-완전-안 멋진 애야."

모두들 마누를 그룹에 받아들이고 싶어 하지 않았어.

마누가 가까이 오면 놀려 댈 게 분명했지. 난 깜짝 놀라 마누가 있는 곳으로 달려갔어. 정말 좋은 의도였어. 맹세할 수 있어.

마누를 낚아채 다른 쪽으로 데리고 갔지. 조용히 얘기를 나누려고 그런 거야.

"마누, 나중에 이야기하자. 내가 지금 좀 바쁘거든."

내가 얼른 말했어.

"뭐 하느라고 바쁜데?"

마누가 믿을 수 없다는 듯 물었어.

내 친구는 좀 이상할지는 몰라도 절대 멍청하지는 않거든.

"음, 왜 바쁘냐면……. 그냥 개인적인 일이야."

마누는 엑스레이를 찍는 것처럼 나를 훑어보았어. 뭔가 의심스러웠던 거지.

"내가 창피해서 그러는 거 아니고?"

내가?
왜 널 창피하게
생각하는데?

"절대 너한테 거짓말 같은 거 안 해."

내가 분명하게 말했어.

"다행이네, 너한테 줄 초대장이 있어."

마누가 나의 아주아주 작은 거짓말을 다 잊어버리고 환하게 웃었어. 난 마음이 놓였지. 마누는 봉투 하나를 계속 흔들어 댔어. 겉에는 빨간색 볼펜으로 내 이름이 쓰여 있었어(제발 볼펜이었기를! 마누하면 생각나는 게 코피라서 말이야).

"그게 뭔데?"

내가 마지막으로 받은 봉투는 지난 학기 성적표가 담긴 봉투였거든. 그래서 난 봉투에 트라우마가 있어. 그 끔찍한 기분을 또 경험하고 싶지는 않아.

"빨리 열어 봐."

마누가 신이 나서 졸라 댔어.

나는 느릅나무 아래에서 우리가 잘 안 보인다는 걸 확인한 다음,

봉투 안에 들어 있는 종이를 꺼냈어. 그러고는 조심스럽게 읽어 나갔지.

"우와, 고마워. 다섯 살짜리 생일 초대 카드 같다."

난 정말 기분이 좋았어.

마누는 계속 실실 웃었어. 간밤에 좋은 꿈이라도 꾼 것처럼 말이야.

"올 거지? 올 거지? 올 거지?"

그때 느릅나무 아래에서 멋쁨 그룹 애들이 나를 불렀어. 함께 사진 찍자는 거지. 나랑 아는 사이라는 걸 자랑하려고 말이야.

"어, 그럼. 당연하지."

난 초대장을 호주머니에 넣고 마누에게 얼른 작별 인사를 했어. 인기인으로 사는 건 정말 스트레스라니까.

학교에서 남은 시간은 전과 비슷했어. 친구들과 선생님들이 축하의 말을 건네고 나랑 친구라는 걸 자랑스러워하고(전에는 내 이름이 뭔지도 몰랐던 애들까지도).

교장 선생님도 더하면 더했지 절대 덜하지 않았어. 내 학생증 사진을 프린트해서 액자에 넣은 다음 학교 복도에 농구 대회 트로피랑 수학 올림피아드 메달이랑 함께 전시해 놓았지. 그 장식장 안에 전시된 건 정말 영광스러웠지만 좀 더 잘 나온 사진이라면 얼마나 좋을까.

웃으면서 학교를 나온 건 처음이었어. 숙제가 없는 날이어서도 아니고 급식실 딸기 요구르트가 내 차지가 되어서도 아니야. 인기를 얻는다는 게 어떤 건지 알고 즐기게 되어서지.

난 구름 위를 나는 기분으로 집에 돌아왔어.

집에서는 엄마 아빠가 내가 화성에서 미션을 완수하고 돌아온 것마냥 나를 기다리고 있었어. 나를 너무 자랑스러워했지. 정육점 아저씨에게까지 내가 아들이라고 자랑했다는 거야.

할머니는 포커 클럽에서 순식간에 주인공이 되었다고 했어. 세계

에서 가장 유명한 동영상에 나오는 그 곰돌이 팬티를 자기가 사 준 거라고, 수백 명 친구에게 이야기했대. 난 할머니가 친구들에게 유튜버가 뭔지 설명하는 모습을 보고 싶었지만, 그건 또 다른 이야기였어.

그중에서도 최고의 환대를 해 준 건 바로 앤지였지. 일단 완전히 침묵했어. 마치 휴대폰의 '무음' 기능을 작동시킨 것처럼. 영화관에서 휴대폰 벨 소리를 꺼 놓은 것보다 더 조용했으니까. 이윽고 불같이 화난 얼굴로 나를 노려보았지.

"내 채널이 성공해서 질투하는 건 아니겠지? 설마?"

난 앤지의 화를 돋우었지. 너무 오랫동안 앤지에게 당하기만 했거든.

"질투라고? 내가아아아아아아? 꿈도 꾸지 마!"

하지만 앤지의 두 눈에서 뿜어 나오는 증오의 눈빛은 강철이라도 녹일 것 같았지.

난 작은 승리를 확인할 수 있었어. 누구라도 응석받이 여동생을 매일같이 이길 수는 없는 거잖아. 그중 가장 신났던 일은 앤지가 투덜대기라도 할라치면 엄마 아빠가 앤지에게 '샘이 많다'고 할 게 분명했다는 사실. 앤지는 화를 숨길 수 없었지.

내가 신나게 간식을 먹으러 가려는 찰나, 갑자기 앤지의 얼굴이 환해졌어.

"기다려."

이번엔 또 무슨 일인가 더럭 겁이 났어. 난 문 앞에 그대로 얼어붙어 버렸지.

"내가 오빠라면 그렇게 승리의 노래를 부를 것 같지는 같아."

그 말을 무시해야만 했어. 내 동생의 뇌는 55퍼센트가 못된 생각으로 가득하거든.

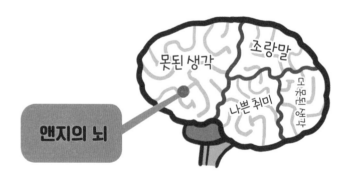

앤지가 나쁜 쪽으로 엄청 발달한 정신세계를 가지고 있다면, 내 뇌는 호기심이 너무 많다는 치명적인 약점을 가지고 있어. 난 호기심을 억누를 수가 없었지.

"승리의 노래를 부르지 말라니, 그게 무슨 소리야?"

약간 걱정하는 목소리로 물었어. 물론 몹시 걱정하는 목소리는 아니었어. 동생이 내 기분을 알아채길 원치 않았으니까.

앤지는 내 코앞으로 얼굴을 바짝 들이밀었어.

"당연하지. '2편의 저주'라는 게 있잖아."

그러고는 하이에나 소리를 내며 웃었지.

난 소름이 쪽 끼쳤어. 사실 가끔씩 우리 집에 있는 얘가 여동생이 아니라 그렘린이 아닌가 하는 생각이 들기도 해.

"자세히 설명해 봐. '2편의 저주'가 뭐야? 무슨 나쁜 거야?"

앤지는 이 상황을 즐기는 게 분명했어. 생각해 봐, 상황이 완전히 역전돼 버렸잖아. 언제나 그랬듯이 말이야.

"아주 전형적인 거지."

앤지가 설명을 시작했어.

"엄청난 성공을 거둔 다음 대부분의 사람들은 처음처럼 성공적인 걸 다시 만들어 보려다가 실패해 버린다는 거야. 2편이 1편보다 좋지 않다는 건 거의 전설 같은 이야기라고."

받아들이고 싶지 않지만 앤지 말이 맞아. 난 아직도 〈식인 상어와

거미의 대결 2〉의 실패를 기억하고 있거든. 그해 최악의 영화로 뽑히기도 했어. 예산이 부족해서 양말로 괴물들을 만들었다고는 해도 말이야.

"또 한 번 성공을 거둘 수 있는 건 천재들뿐이야. 그런데 분명한 건……."

앤지가 나를 위아래로 훑어보며 사악한 미소를 지었지.

"오빠는 절대 천재가 아니라는 거지. 오빠 동영상은 순전히 우연이었잖아."

난 화가 나서 인상을 찌푸렸어.

"그건 절대 아니지. 난 원하면 언제든지 또 성공할 수 있어."

"아하, 그러서?"

앤지가 혀를 날름해 보였어.

"상당히 의심스러운걸, 오빠야!"

난 몹시 화가 난 채 방으로 들어왔어. 앤지가 내 동영상이 순전히 우연이었다고 깎아내릴 자격이 있냐고!

좋아, 백번 양보해서 약간은 그렇다고 할 수도 있어. 하지만 모두가 그 사실을 알 필요는 없지.

방문을 쾅 닫고 컴퓨터 앞에 앉았어.

앤지건 누구건 날 비웃게 내버려 두지 않을 거야! 누가 봐도 재미있는 동영상을 하나, 둘 아니 100만 개라도 만들 수 있다고 자신했지.

뭐 그렇게 어려운 일도 아니잖아, 안 그래?

난 생각에 잠겼어.

계속 생각했지.

세 시간이 지나도 아무런 아이디어가 떠오르지 않아 좀 더 생각
했어.

쿨쿨쿨쿨

결국 난 아무런 아이디어도 떠오르지 않는다는 걸 인정해야만 했
어. 첫 번째 동영상을 찍는 게 NASA에 들어가는 시험보다 더 어려웠
다고 한다면, 두 번째 동영상은 그보다 훨씬 훨씬 어려웠어.

구독자들의 댓글이나 살펴보기로 했지. 아직 답글을 하나도 달지
못했거든. 내 채널에 접속하자마자 정말 깜짝 놀랐어. 그런 숫자를
본 적이 없었거든.

▶ 구독 1,000,000

100만? 난 뭔가 잘못된 줄 알았어. 정말 구독자가 이렇게 많아졌단
말이야? 그 숫자가 맞는지 다시 화면을 뚫어져라 쳐다보았어. 수학

시간이면 매번 반복되는 일이긴 하지. 머릿속에서 숫자들이 빙빙 돌거든. 선생님은 핑계라고 하지만 말이야.

하지만 이번에는 절대 신기루 같은 게 아니야. 진짜 구독자 수가 100만이었어. 나 혼자, 동영상 하나로 말이야.

내 구독자는 그야말로 전 세계를 망라했어. 심지어 북극에 사는 사람도 있었어.

갑작스레 엄청난 책임감이 느껴졌어. 구독자 중에는 언제 두 번째 동영상을 올리느냐고 묻는 사람들이 많았어. 첫 번째보다 당연히 더 나을 거라고 기대하는 듯했지.

아빠가 젊었을 때 입던 바지를 입으려고 할 때 다리에 느끼는 압박보다 훨씬 더 심한 압박감을 느꼈다고나 할까.

신축성 최고

숨쉬기 힘들어!

한번은 바지를 벗다가 구급차를 부른 적도 있어. 아빠는 가엾게도 처절할 만큼 과거에 집착하고 있거든.

구독자들은 갖가지 질문을 했어. 예를 들자면 이런 것들이야.

1) 어떻게 그런 아이디어가 떠올랐는지?

우연히 집에서 고양이와 일어난 사건이라기보다는 몇 달에 걸쳐 생각해 온 것이라고 말할 수 있을 것 같아요.

2) 고양이와 화해를 했는지?

빠다뭉치는 먹을 걸 달라고 할 때를 제외하고는 그 누구에게도 가까이 가지 않아요.

3) 곰돌이 팬티는 어디에서 구할 수 있는지? 우리 집 정원 허수아비에게 꼭 어울릴 것 같음.

　곰돌이 팬티를 할머니가 선물해 줬다고 솔직히 말하고, 가게 이름까지 알려 주려다가 그만두었어. 어쩌면 이 사람은 그저 내 옷차림을 비웃으려 드는 걸 수도 있어. 안티팬들, 특히 전문적인 혐오 발언을 하는 사람들을 피해 가는 방법을 잘 알아 둬야 해.

　아직도 답글을 달아야 할 질문이 수백 개 남아 있었지만, 나는 계속해서 두 번째 동영상을 어떻게 찍어야 하나 생각했어.

　그때 내 뇌가 '클릭'하는 소리가 들렸지. 머릿속에 반짝 불이 들어왔어. 천재적인 아이디어가 떠올랐거든.

　바로 구독자들이 나를 위해 일하도록 하는 거야. '질의응답'을 라이브로 진행하는 거지.

　나 천재 맞지? 안 그래?

　그래, 뭐, 내가 좀 게으르기는 하지. 그렇지만 그건 아이디어가 없어서 그런 거고.

여기 내 25번째 팁이 있어.

질의응답 동영상을 어떻게 찍을 것인가
(그러면서 바보가 되지 않는 방법)

질의응답 동영상은 아주 전형적인 거야. 유튜버들은 이런 경우에 주로 찍지.

1) 아이디어가 고갈되었을 때. 나처럼……

혹은

2) 심문하는 걸 아주 좋아할 때.

내 생각에 두 번째는 네가 경찰일 때만 말이 되는 거 같아.

하여간 난 카메라를 작동시킨 다음 그 앞에 앉아 숨을 들이쉬었어. 나의 100만 구독자들을 위해 라이브를 진행할 거니까. 그러다가 문득 크리스마스 연극에서 목동 역할을 했을 때의 공포가 떠올랐지.

어쨌거나 난 '방송 시작' 버튼을 누르고 자리에 앉았어.

"라이브 시작합니다!"

그런데 거기서 딱 막혀 버렸어. 유튜버들은 자기 구독자들을 부르

는 방식이 있어. 예를 들어 엘모레누스는 자기 팬들을 '아기레몬들'이라고 부르지. 아마조오나는 '짐승들'이라고 부르고, 나는야_훼방꾼은 너무 심하게 들릴지는 몰라도 '깡통들'이라고 불러.

하지만 난 구독자들을 뭐라고 불러야 할지 별명을 짓지 못했어. 그냥 제일 먼저 머리에 떠오르는 걸 말해 버렸어.

"안녕, 팬티들!"

그래, 들은 대로야.

내 무의식을 따라갔을 뿐인데 제일 먼저 떠오르는 게 '팬티들'이었어. '친구들아', '애들아', '내 영혼의 샘물', 이런 게 아니라 '팬티들'이었다고.

난 늘 즉흥적으로 뭘 하는 데 약해. 한번은 옆 친구 시험지를 커닝하다가 딱 걸린 적이 있었어. 선생님이 무슨 말이든 해 보라고 했을 때, 제일 먼저 떠오른 건…….

안경을 써야 하는지 확인해 보려고요.

다음번에 즉흥적으로 무언가 해야 할 일이 생기면 사하라 사막까지 뛰어 도망칠 거야.

구독자들을 '팬티들'이라고 부르는 멍청이 짓을 하고 난 뒤, 난 침착하게 라이브 방송을 이어 갔어.

"여러분 모두 나에 대해 알고 싶으리라고 생각해요. 그래서 두 번째 동영상에서는 여러분이 가장 많이 했던 질문에 답하는 시간을 가지려고 합니다."

라이브 채팅이 일사천리로 진행되었어. 몇 초 만에 엄청 많은 댓글이 달렸어.

"제일 많이 나온 질문을 읽어 볼게요. '원래 그렇게 어벙한 스타일인가요? 아니면 동영상을 찍느라 연출한 건가요?'"

팁 넘버 26. 큰 소리로 질문을 읽기 전에 혼자 속으로 읽어 볼 것. 대중 앞에서 바보가 되는 걸 피할 수 있다.

"흠흠, 두 번째 질문으로 넘어가는 게 좋겠네요."

난 얼굴이 홍당무가 되었어.

"'이름이 뭔가요?'라는 질문이군요."

팁 넘버 27. 인터넷에서 절대 본명을 말하지 말 것. 물론 당신 이름이 곤잘레스라면 상관없다. 그런 이름을 가진 사람이 적어도 수천만 명은 될 테니까.

"제 이름은 특급 비밀입니다. 하지만 닉네임은 '다비드_G.'예요. 다른 질문?"

막 세 번째 질문에 답하려는데, 방문이 벌컥 열렸어. 아빠가 세탁물을 들고 들어왔지.

"안녕, 어린 왕자님!"

충격! 아빠가 날 '어린 왕자'라고 부르는 건 완전 질색이야. 내가 아직 갓난아이 같잖아. 그런데 아빠는 도무지 이해를 못 하지.

"나, 지금 방송 중이야."

"아, 그래? 그거 근사하구나."

아빠는 방송을 녹화해서 나중에 편집한다고 생각한 모양이지만 그 반대였어.

말풍선: 안녕, 친구들.
난 다비드 가메로
아빠란다.

"아빠, 제발, 좀 비켜. 이렇게 날 곤란하게 하면 어떡해?"

너무 부끄러운 나머지 아빠를 말렸어.

숨겨 온 내 정체를 들킨 건 말할 것도 없고, 아빠가 학교에 다니던 시절에는 '인터넷에서 일어날 수 있는 불행한 사건들에 대한 교육'을 받은 적이 없다는 걸 다시금 확인했지. 너무 오랜 시간 접속해 있으면 스팸이라는 악마에 사로잡힐 수 있다는 거 말이야.

"그게 무슨 소리니, 우리 장군? 내가 널 곤란하게 했다고? 하하하, 네가 여덟 살 때까지 침대에 오줌 쌌다는 걸 구독자들이 알게 된다면, 그런 게 바로 너를 곤란하게 하는 거겠지. 하하하."

그 순간 진짜로 땅이 날 집어삼켜 버렸으면 좋겠다고 생각했어. 아빠는 '라이브'라는 개념을 이해하지 못했어. 아빠에게 어서 나가라고 손짓했지만 별 소득이 없었어.

내 구독자들은 라이브 채팅창에 쉬지 않고 댓글을 올렸어.

 에릭 페티첸: 이게 뭐야? 너무우우해.

 포트나이트3솔저: 완전 찌질함. 우리 아빠가 라이브에서 저러면 창피해 죽을 거 같아.

 마르타_챠크라스: 이거 너무 지루하잖아. 첫 동영상처럼 재밌는 거 보고 싶다고! 아마 100만 년 가도 그런 거 못 만들걸.

이런 비슷한 글들이 수천 개 올라왔어. 라이브는 내 계획대로 굴러가지 않았어. 접속자 수가 급격히 줄더니 눈 깜짝할 사이 100만에

서 99만 9,999가 되었어.

인기 아이돌 멤버 중 하나가 클래식 음악으로 갈아탄다고 해도 그렇게 팬 수가 급격히 줄지는 않을 거야.

그걸로 모자라 이번에는 휴대폰이 울렸어. 마누였지.

"왜? 나 지금 라이브 중이야."

"잠깐 네 팬들에게 인사해도 돼?"

전화기 너머에서 마누가 말했어.

"내가 네 친구라는 거 꼭 이야기해!"

뚜뚜뚜⋯⋯.

난 마누가 벌레들을 수집하고 있다는 얘기를 늘어놓기 전에 얼른 전화를 끊었어. 그사이 아빠는 방을 나갔지만 문을 열어 둔 채였지. 라이브가 또 한 번 실패할 위기에 처했어.

"잠시 사고가 있었음을 양해 바랍니다, 우리 팬티들⋯⋯. 아니, 아

니 구독자들."

내가 얼른 바로잡았어.

"라이브라서, 헤헤."

접속자 수가 더 빠른 속도로 줄어들었어.

"기다리세요, 이제 이번 방송의 클라이맥스가 기다립니다!"

다시 주의를 끌려고 내가 소리쳤지.

"곧 '엄청난 일'이 벌어질 겁니다."

그랬더니 접속자 수가 더 이상 떨어지지 않고 딱 멈췄어. 아무도 감히 댓글을 올리지 않았지. 충격 요법이 먹혔나 봐.

물론 그 '엄청난 일'이 뭔지는 나도 몰랐어. 내가 할 줄 아는 웃기는 재주라고는 혀를 둥글게 말아 올리는 것뿐인데, 마지막으로 혀를 말 았을 때는 겨울이었고 가로등에 혀가 그대로 붙어 버렸지.

또다시 내 신체 부위를 위험에 빠뜨리고 싶지는 않았어. 이번엔 좀 간단한 방법을 써 보는 게 좋겠어.

나는 다섯 살 때 쓰고 놀던 헬리콥터 모자를 집어 들었어. 바보 같은 짓이었지만 그렇게 하면 접속자 수가 줄어드는 걸 막을 수 있다고 확신했지.

100%
바보 짓

그런데 그게 충분히 멍청해 보이지 않았는지 상황이 악화돼 버렸어.

난 다시 〈헬리콥터의 노래〉를 부르기 시작했어. 그래, 상황이 나빠졌다면 한층 더 심하게 망가져 보는 거야.

"헬리콥터, 헬리콥터…… 드넓은 하늘에 뻐꾸기를 날려……."

금세 댓글이 달리기 시작했어.

 티나안드로메다: 완전 끔찍. 귀가 떨어져 나갈 듯. 절대 다시 듣고 싶지 않은 노래.

 탐 헬릭스: 줄 맞지 않는 깽깽이보다 더 심각. 경찰은 다 어디 간 거임? 이런 소음 공해 범죄에 왜 손 놓고 있는 거지?

게다가 내 친구까지.

 마누가최고: 저 노래는 내가 가르쳐 준 거 아님, 맹세함. 그렇지만 지난번 동영상 아이디어는 내가 준 거야, 그렇지?

그래, 맞아. 앤지 말이 맞다는 걸 인정해야만 해. 내 유일한 성공은 우연의 일치였어. 난 다시 그런 성공을 거둘 능력이 없는 거야.

난 어깨를 으쓱해 보인 다음 결심했어. 서둘러 이 바보 같은 라이브를 끝내야 한다고 말이야. 100만 시청자들 앞에서 멍청한 짓거리를 하고 있었으니까(뭐, 정확히 말하자면 이제 반의반밖에 안 남았지만).

이제 막 카메라를 끄려는 찰나 괴물 하나가 내 머리 위로 뛰어올랐어.

진심 경찰이 날 체포하러 온 줄 알았지만 그건 아니었어.

바로 빠다뭉치였지. 내 멍청한 모자에 끌려 방으로 들어와서는 헬리콥터 날개와 영웅적인 전투를 벌이려고 달려든 거야.

난 웅크려 피하려고 했지만 잘되지 않았어. 빠다뭉치가 이미 전쟁을 선포한 뒤였거든.

영영 끝나지 않을 것 같은 30초가 흐른 뒤 빠다뭉치는 결국 모자를 갈가리 찢어 놓았어. 흔적 하나 남기지 않았지. 승리를 축하하려는 듯 녀석은 내 머리 위에 철퍼덕 뻗어 버렸어.

하지만 그게 끝이 아니었어. 그랬으면 좋았게?

빠다뭉치는 엄청난 소리를 내며 트림을 했어. 귀에 대고 호루라기를 부는 것만큼 큰 소리로.

끄으윽

그런데 정말 이상한 일이 일어났어. 이집트 피라미드보다 더 미스터리한 일이었어.

빠다뭉치가 내 머리 위에 큰 헤어볼*을 토해 놓았어. 아마도 헤어볼을 버리기에 좋은 장소라고 생각했나 봐. 머리에도 털이 있으니까.

진짜 이상한 일은 그게 아니야. 그 헤어볼이 보통 털 뭉치가 아니었다는 거야. 어떤 초자연적인 힘에 의해 꼭 모나리자처럼 생긴 헤어볼을 토해 놓은 거지.

빠다뭉치를 머리 위에서 치워 버린 다음 나는 얼른 컴퓨터로 달려가 방송을 중단시켰어. 하지만 이미 때는 늦었어. 이 엄청난 멍텅구리 짓이 생방송되고 난 다음이었으니까.

"어째서 넌 꼭 나타나지 말아야 할 순간에 나타나는 건데?"

---

*헤어볼 고양이, 소, 양 등이 삼킨 털이나 섬유가 위에서 뭉쳐져 생긴 덩어리

내가 녀석을 꾸짖었어.

"오빠는 원래 사고를 부르는 스타일이잖아."

앤지가 자기 방에서 대답했지.

"그런 멍청한 짓을 하다니, 푸히히히! 너무 너무 웃겼어."

난 두 손으로 머리를 감싸 쥐었어. 내 명성이 이렇게 순식간에 무너져 내리다니! 이젠 아무도 나를 볼 수 없는 곳, 전 인류에게서 멀리 떨어진 외딴 오두막을 하나 찾아가야 해.

겨우 용기를 내 컴퓨터 화면을 쳐다본 순간, 심장이 튀어나오는 줄 알았어. 내 채널에 접속자가 한 명도 남아 있지 않을 거라고 생각했는데, 그래프가 위로 치솟은 게 아니겠어. 로켓처럼 쭉쭉 올라가는 거야.

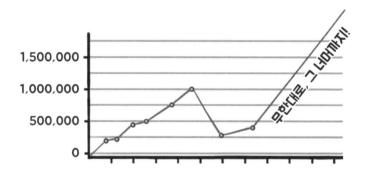

댓글도 하나같이 좋았어. '이전 동영상보다 훨씬 좋은데.', '내가 제일 좋아하는 유튜버.', '실망시키지 않을 줄 알았어.' 등등.

"레알?"

내가 큰 목소리로 컴퓨터 화면에 대고 물었지.

"실패라고 생각했는데!"

다 네 탓이야!

구독자들은 실험이나 미리 준비된 동영상을 원하는 게 아니었어. 즉흥적인 걸 원하는 거야. 그리고 엉망진창일수록 더 좋아하지.

난 또 해냈어. 두 번째 동영상은 그야말로 대성공이었어. 라이브 10분 만에 200개 나라에서 내 동영상을 본 거야. '어리벙벙과 고양이' 가 최고 인기 검색어가 되었어. 이젠 나도 내 새로운 별명에 익숙해 져야 할 때야.

난 침을 꿀꺽 삼키고 컴퓨터를 껐어. 또 한 번 해냈다고!

첫 번째보다 더 나은 동영상을 찍어야 한다는 부담감, 그리고 빠다 뭉치의 헬리콥터 날개에 대한 집착이 우리를 스타덤에 올려놓았어.

다섯 번째 날

수요일

이건 속일 수 없는 사실. 유튜버가 된 다음에도 아침에 일어나는 일은 여전히 힘들다는 거. 유튜버는 깨어나는 순간에도 팬들이 여전히 많다는 것도.

난 팬들을 위해 눈을 뜨자마자 사진을 찍었어.

#방금깨어남

식탁에 앉기도 전에 내가 올린 사진에는 10만 개 이상의 하트가 달렸어. 유명해진다는 건 좀 미친 짓 같아.

그날 나는 평소보다 좀 더 침대에서 뭉개고 누워 있었어. 유명해지는 건 피곤한 일이기도 하거든. 지난 닷새 동안 유명세를 톡톡히 치렀으니 빈둥거릴 권리도 있어.

하지만 엄마의 생각은 달랐어. 알람이 울린 지 10분이 지나자 엄마가 내 방으로 냉큼 달려왔지.

처음엔 나를 다정하게 일으키려고 했어.

그다음엔 약간 흔들었어.

그래도 내가 여전히 꼼짝하지 않자 커튼을 걷어 버렸어. 도대체 아들을 고문하는 이런 끔찍한 방법은 누가 발명해 낸 건데! 적어도 뱀파이어 사냥꾼쯤은 되겠지. 분명해!

그래도 몸을 일으킬 수가 없었어.

"조금만, 조금만 더 잘게요, 엄마."

"절대 안 돼, 이 게으름뱅이!"

강철 선생님도 아침에는 그렇게 에너지가 넘치지 못할 거야.

"학교에 가야 되잖아."

엄마는 결정적 무기를 들고 나왔어.

"지금 당장 일어나지 않으면 와이파이 비밀번호 바꿔 버릴 거야!"

그 한마디에 나는 침대에서 벌떡 일어나 총알같이 식탁으로 달려 갔지.

다른 건 다 참을 수 있어. 하지만 와이파이를 뺏는다고? 절대 있을 수 없는 일이지! 엄마는 정말 끝도 없이 잔인해질 수 있는 거 같아.

식탁에서는 앤지가 내 채널을 험담하고 있었어.

"오빠 채널 구독자가 수백만이라는 건 말도 안 돼. 난 겨우 다섯 인데."

이렇게 징징거리더군.

그게 무슨 말인지 절반도 못 알아들은 할머니는 앤지를 이렇게 위 로했지.

"그 구독자라는 거 어디서 사면 되는 거냐? 할미가 사 줄 테니 화를 좀 가라앉히려무나."

할머니는 구독자를 골목 가게에서 사면 된다고 생각했나 봐.

막대 사탕 2개랑 구독자 1,000개 주시구려.

앤지는 나를 보자마자 입을 꾹 다물었어. 이렇게 짧은 시간에 이렇게 엄청난 변화가 일어나다니! 우리 집 굼벵이가 더 이상 슈퍼스타처럼 잘난 체하지 않았어.

"오빠, 학교 늦겠다."

대신 나를 상냥하게 타일렀지.

"유튜버들은 시간을 딱 지키지 않아도 돼. 우리는 우리만의 룰이 있거든."

내가 혀를 날름해 보였어.

다시 멀쩡한 사람으로 변신하기 위해 커피를 마시던 아빠가 목을 가다듬었지.

"다비드, 네가 유명해져서 기쁘구나. 그렇지만 그게 학교를 게을리할 핑곗거리가 될 수는 없어."

엄마도 재빨리 거들었어. 심각한 일이 생기면 두 분은 마치 스위

스 시계처럼 일사불란하게 움직인다니까.

"맞아. 우리는 널 전적으로 지지하지만 수업에 최선을 다하겠다고
약속하렴."

앤지가 다시 미소를 지었지.

"평소랑 똑같이 슈퍼스타로 살게요."

내가 평온하게 대답했어.

빠다뭉치가 주방 한편에서 성난 목소리로 울어 댔어. 마치 '네 유
명세의 절반은 내 거야.'라고 말하는 듯했지.

복잡한 일들을 잊어버리려고 초코펍스 시리얼을 그릇에 담으러
갔어. 그런데 시리얼이 다 떨어진 게 아니겠어. 겨우 세 알갱이가 톡
떨어졌어. 그걸로는 개미 한 마리도 배를 채울 수 없잖아.

뭐, 개미 한 마리가 얼마나 먹는지는 자세히 모르지만, 분명한 건 세 알갱이로는 그 누구도 힘을 낼 수 없다는 거지.

"어, 미안. 내가 시리얼 다 먹어 버렸어."

앤지가 겉으로는 미안한 척하며 말했어.

"넌 초코펍스 좋아하지도 않잖아! 맨날 유니콘 플레이크로 아침 먹는 거 아니었어?"

내가 화를 냈지.

구역질나는 색색가지 구슬 시리얼 말이야. 소문에 의하면 그걸 먹는 사람들이 무지개색 똥을 싸서 자그마치 25개국에서 판매 금지 됐다고 하더라고.

"오늘은 오빠 걸로 아침 먹고 싶어서 그랬어."

나를 더 화나게 하는 대답이었지.

하는 수 없이 유니콘 플레이크를 한 그릇 먹어야 하나 생각하고 있는데, 초인종이 울렸어.

딩동, 딩동.

날 구원하는 소리였지. 하지만 그 순간에는 아직 그 사실을 몰랐어.

사무실에 나갈 채비를 하던 엄마가 문을 열러 나갔어.

"누구세요?"

엄마가 큰 소리로 물었지.

"내가 주문한 밴드는 오후에나 도착할 텐데……."

우리 가족은 인터넷 쇼핑에 중독 수준이야. 엄마 아빠가 아마존 창고에 어찌나 돈을 쓰는지 우리 집이랑 직접 연결되는 터널을 뚫어 줄 정도라니까.

엄마가 문을 열자 택배 아저씨는 내가 있느냐고 물었어.

"안녕하세요, 여기 '어리벙벙과 고양이'라는 분 있나요?"

"네?"

엄마는 뭘 잘못 들었다고 생각했지.

"이런, 습관이 되어서요."

택배 아저씨는 서류를 들여다보았어.

"다비드 가메로 씨를 찾는데요. 그분 앞으로 택배가 왔어요."

정말 이상한 일이었어. 택배는 내 일생에 딱 한 번 받아 본 게 전부

거든. 그것도 슈퍼마켓 멤버십 카드였고 말이야.

그건 순전히 아빠가 데오도란트를 할인받으려고 만든 거였어.

택배 아저씨는 엄청나게 큰 상자를 주방에 들여놓았어. 상자를 열어 보니 내가 좋아하는 시리얼 초코펍스가 몇 박스나 들어 있는 게 아니겠어? 앤지가 의리 없이 다 먹어 버린 그 시리얼 말이야.

"제조업자의 선물입니다."

택배 아저씨가 말했어.

"저한테요? 공짜로요?"

내가 의아해서 물었지. 정말 다시는 초코펍스를 사지 않아도 될 만큼 엄청난 양이었어.

택배 아저씨는 놀리듯 얘기했지.

"세상에 공짜란 없어요, 꼬맹아. 제조업자가 시리얼을 주고 넌 광

고를 해 주는 거지. 너 아주 유명하잖아."

아저씨가 눈을 찡긋해 보였어.

뭐, 적어도 내가 좋아하는 걸 광고하는 거니까. 여기서 팁 넘버 39.

네가 믿지 못할 제품은 광고하지 말 것
(구역질 날 만큼 부자가 되고 싶은 게 아니라면)

샴푸 광고를 하던 대머리 가수가 생각났어. 그 생각만 하면 아직도 웃음이 나. 하지만 그 가수는 광고에서 번 돈으로 요트를 샀지. 아마 그 가수가 나보다 더 껄껄대며 웃고 있을껄?

아빠는 택배 아저씨에게 발 탈취제도 가져다줘도 된다고 말하려고 그랬어(그건 정말 다이아만큼 비싸거든). 그런데 이미 아저씨는 가 버리고 없었지.

그 이후로도 택배가 세 번이나 더 왔어.

하나같이 내 앞에 택배를 두고 갔어. 주위에 상자가 너무 많으니까 내가 테트리스 조각이 된 기분이었어.

후원자들은 내가 좋아하는 시리얼만 보낸 게 아니었어. 그것 말고도……

1) XS, S, M, L, XL 사이즈 티셔츠 20벌 정도. 아마 컴퓨터 화면에서는 내 사이즈가 정확하게 안 보인 모양이야.

2) 상추 탈수기 10개.

3) 선글라스 6개('#너보다내가더멋져'를 사용하라는 쪽지와 함께).

4) 닌텐도 스위치 2개(왜 2개인 거지? 두 번째 것은 종이 누르는 용도로 사용하라는 건가?).

5) 현기증을 일으키는 조명이 달린 '날 사가요.'라는 소리가 울리는 롤러스케이트.

6) 고양이 사료 약 500킬로그램. 빠다뭉치는 앞으로 절대 배고플 일은 없을 거야. 뭐, 말이 나와서 말인데…… 언제 배고픈 적이 있긴 했나?

또…… 시골에서 물 마실 때 쓸 것 같은 항아리? 그 박스를 연 순간 할머니가 내 손에서 항아리를 낚아챘지.

"이건 나한테 온 거야, 망할 녀석. 내가 할머니익스프레스닷컴에서 주문한 거라고."

할머니익스프레스

항아리
- 5유로
- 물을 차갑게 보존해 줍니다!

선물을 그렇게 많이 받아 본 적은 처음이었어. 그것도 단지 유튜 버라는 이유만으로!

아직 열어 볼 상자가 몇 개 더 남았지만 아빠가 나를 서둘러 학교 로 보내 버렸어.

하지만 이렇게 놀라운 일이 엄청 일어났는데, 학교가 머리에 들어 오겠어? 내 관심사는 오로지 유튜브 구독자 수뿐이었어. 정말 빛의 속도로 늘어나고 있었거든!

수학에서 말하는 '거듭제곱'의 힘을 태어나서 처음 느꼈어.

$$(구독자 수 \times 구독자 수)^{구독자 수}$$

그래, 인정해. 내 손으로 이뤄 낸 것만은 아니라는 거. 하지만 어쨌 거나 내 채널 구독자 수가 1,000만을 넘었다는 거야.

그런데 문제는 학교에 도착해서 벌어질 일에 충분히 대비하지 못 했다는 거지. 난 어제와 같은 일이 벌어질 거라고만 생각했어. 애들 이 구름처럼 몰려와 사인을 해 달라고 하고 사진을 찍고(나를 비웃고 놀 리던 걔들 말이야).

이번에는 그 정도가 아니었어. 학교 앞에는 수십 명의 기자와 카 메라가 나를 기다리고 있었어. 처음엔 학교엔 불이라도 난 줄 알았 어. 아니면 더 심한 거, 강철 선생님이 교무실에 참호를 파고 숨었다

거나 하는 거.

하지만 아니었어. 기자들이 거기 있었던 건 바로 나 때문이었어.

"이 유명세를 어떻게 관리하시나요?"

"그 많은 돈을 벌어서 뭘 하실 건가요?"

"돈이요? 무슨 돈이요?"

다행히 마누가 날 구해 주었어.

"제 친구는 어떤 질문에도 답변하지 않을 겁니다."

꼭 변호사처럼 말하더라. 드라마를 너무 많이 본 거지.

"학교에 들어가게 해 주시죠. 수업을 받아야 합니다."

"팬들이 당신에 대해 더 많이 알고 싶어 합니다."

한 기자가 포기하지 않고 달라붙었어.

"당신에 대해 좀 더 이야기해 주세요, 다비드 씨."

* 입에서 마이크 좀 치워 주세요!

이런 상황에서는 말을 할 수가 없잖아. 마누의 도움으로 간신히 기자들 사이를 빠져나와 학교 계단을 올라갔지. 마누에게 하나를 빚지게 되었어.

"저 기자들이 전부 나랑 이야기하고 싶은 거야?"

내가 놀라 물었어.

"응, 넌 유명인이야. 이제 익숙해져야 해."

마누가 대답했지.

"나한테 그런 일이 일어나지 않아서 다행이야. 난 긴장하면 코피를 쏟잖아."

말하지 않아도 알고 있는 사실이지 뭐.

"그런데 왜 나한테 돈을 얼마나 벌었느냐고 묻는 거지? 뭔가 잘못 알고 있나 본데 동영상 보는 건 무료잖아."

마누는 깜짝 놀라는 얼굴이었어. 귀신 본 얼굴 이모티콘이랑 똑같 았어.

"수익 창출 신청을 안 했다는 얘기야?"

"수, 뭐? 수입? 바나나 수입 같은거?"

잠깐이지만 바나나 먹는 내 모습을 떠올렸어. 이게 동영상이랑 무 슨 상관이람?

"수입이 아니라, 수익 창출. 그걸로 돈 버는 거! 부자 되는 거!"

마누는 머리를 쥐어뜯었어. 난 도대체 무슨 말을 하는지 알 수가 없었지.

"전문 유튜버들은 광고 덕분에 엄청난 돈을 번다고. 네 얼간이 짓때문에 그동안 엄청 손해 본 거라고!"

이런! 여기에서 팁 넘버 51. 나처럼 얼빠진 얼굴이 되지 않으려면 말이야.

유튜브에 광고를 끼워 넣어야 해!
(그리고 황금 욕조에서 목욕을 하는 거지)

마누와 내가 교실로 들어가려는 참이었어. 바로 그때 복도 저편에서 사라가 인사를 해 왔지. 멋쁨 그룹 애들이 나를 기다리고 있었던 거야.

"나중에 봐."

마누는 내 의도를 알아차리고 고개를 숙인 채 교실로 들어갔어.

"나 없이 잘 지내라!"

나는 마누의 말에 대답하지 않았어. 이미 새로운 친구들을 향해 발걸음을 옮기고 있었으니까. 이렇게 유명해지는 것도 정말 스트레스이기는 해.

수업은 아무 재미도 없었어. 선생님들은 수업보다 나랑 사진 찍기에 바빴지. 강철 선생님만 빼고 말이야.

"금요일 깜짝 시험, 열심히 준비하는 게 좋을 거다. 겨우 이틀 남았다."

알리시아 레포요가 손을 들려다 말고 다시 한번 생각하는 거 같았어. 다음 한 주를 징벌방에서 보내고 싶지는 않았던 거지.

오후에는 멋쁨 그룹 애들이 나더러 함께 공원에 가자고 했어. 사실 별로 재미있는 계획 같지는 않았어. 할 줄 아는 말이라고는 '멋져'랑 다른 애들 험담뿐이잖아. 하지만 걔들이랑 어울리는 건 학교에서 그동안은 누리지 못했던 어떤 특별한 지위를 갖게 된다는 걸 의미했어.

그런데 교문 앞에서 아빠가 나를 기다리고 있었어.

안녕, 울 아가!

아빠가 데리러 왔다!

우이 씨

너무 창피해. 아빠는 아직도 내가 세 살짜리 아기인 줄 안다니까. 그때 사라를 슬쩍 쳐다봤는데, 역시나 인상을 찌푸리고 있더라. 난 아빠가 자장가라도 부를까 무서워 얼른 차에 올라탔어.

"무슨 일이야, 아빠?"

"모두들 너를 보고 싶어 해. 네가 유튜버 행사에 초대되었어."

빠다뭉치도 차 안에 있었어. 개중 친절한 표정을 짓고서 말이야.

광고주들이 녀석도 데리고 오라고 한 게 틀림없어. 난 공식적으로 '어리벙벙과 고양이'니까 말이야.

100분의 아니 100만 분의 1초 정도 금요일에 있을 깜짝 시험 생각을 했어.

하지만 그야말로 100만 분의 1초 동안이었어. 난 곧 유튜버 행사 생각에 잠겼지. 그렇게 유명한 행사에 초대받았는데, 누가 다른 데 집중할 수 있겠어?

아빠는 쇼핑몰까지 운전해 갔어. 바로 며칠 전 멋쁨 그룹 애들의 놀림을 받지 않으려고 내가 숨었던 거기 말이야.

에너지 음료 브랜드 광고주가 이번 '오 마이 갓 메가 유튜버 페스티벌'을 후원하는 것 같았어. 쇼핑몰에 도착하니 그때 보았던 풍경과

는 아주 다른 모습이었어. 내 얼굴이 그려진 거대한 현수막이 건물 전면에 걸려 있었거든. 최고로 성공한 유튜버들만 모이는 이 행사에 내가 꽤 중요한 사람이라는 증거지.

아주 멋지더라고. 중간에 떡하니 내 코에서 떨어지는 거대한 콧물 처럼 보이는 그 나무만 없었다면 더 좋았을 텐데.

아빠와 나는 주차 자리를 찾으려고 두리번거렸어. 그때 턱시도를 입은 사람이 갑자기 우리 앞으로 툭 튀어나오는 게 아니겠어?

"어리벙벙과 고양이 님이신가요?"

감탄하는 눈빛으로 나를 바라보며 물었지.

"주차는 제가 해 드리죠. 염려 마십시오. VIP께 그 정도 해 드리는

건 아무것도 아니에요."

"와우, 럭셔리한데. 우리가 VIP래!"

아빠가 중얼거렸어.

"정확하게 말씀드리면 VIP는 아드님이십니다."

주차 요원이 아빠 말을 가로챘어. 아빠 속상하게 말이야.

하지만 아빠는 지난번 어린이 놀이공원에서 입장을 금지당한 이후로 이 정도로는 크게 충격 받진 않는 것 같아. 아빠는 트램펄린을 정말 좋아하거든.

쇼핑몰에 들어서자마자 수십 명이 우리를 에워쌌어. 꼭 우리 뇌를 빨아먹으려는 좀비들 같았지만 사실 팬이었어.

"어리벙벙과 고양이다!"

누군가 소리쳤어.

"고양이도 왔다!"

또 다른 사람이 외쳤지. 내가 빠다뭉치를 팔에 안고 있었거든. 진짜 무거웠어.

내가 뭘 하든 상관없었어. 한 번 움직일 때마다 팬들은 히스테리성 괴성을 질러 댔어. 너무 정신없던 나머지 나도 모르게 한 팬의 발을 밟았어.

"날 밟았어! 날 밟았다고! 어리벙벙과 고양이가 내 발을 밟았어!"

"죄송합니다."

예상치 못한 격한 반응에 놀란 나는 얼른 사과했어.

하지만 팬은 화난 게 아니었어. 오히려 복권에라도 당첨된 것처럼 기뻐하더라고.

"그런 행운이!"

다른 팬들이 아우성이었지.

"나도 밟아 줘요, 나도!"

"나도요, 제발!"

"아니, 날 밟아요!"

또 다른 팬이 소리를 질렀어.

"세 시간이나 기다렸다고요. 날 꼭 밟아 줘야 해요."

팬이라고 하는 이 사람들, 실은 약간 돌아 버린 건 아닌가 했지.

다행히 몸집이 옷장 크기만 한 아저씨들 몇 명이 나와 아빠 그리고 빠다뭉치를 행사장까지 데려다주었어. 이 보안 요원들 덩치가 하도 커서 우리가 보이지 않았거든.

우린 여기 있어.
진짜야!

보안 요원들은 쇼핑몰 한가운데를 가로질러 우리를 '오 마이 갓 메가 유튜버 페스티벌' 행사장으로 데리고 갔어. 팬 수천 명이 환호하며 우리를 맞아 주었어.

아빠는 무대 아래에 있고, 나만 빠다뭉치를 팔에 안고 무대 위로 올라갔어. 정말이지 부끄러워 죽을 것 같았어. 수백만이 인터넷으로 너를 보는 거랑 바로 코앞에 있는 수천 명이 너를 보는 거랑은 완전히 다른 이야기야. 그 수천 명이 하나같이 내가 무슨 말을 할지 숨죽이고 기다렸어.

내가 즉흥적으로 뭘 하는 데 영 젬병이라는 얘기했지?

"어어어어…… 으으으음……."

사회자가 얼른 입을 떼라는 신호를 보냈어. 팬들이 점점 조바심을 내고 있었거든. 하지만 난 무슨 말을 해야 할지 알 수가 없었어. 빠다뭉치가 나 대신 말을 시작할 때까지 말이야.

물론, 말이라…… 말하는 거…… 정확히는 말을 한 건 아니었어. 하지만 정말 표현을 잘 해냈어.

빠다뭉치가 트림을 하자 사람들이 큰 소리로 웃어 댔어.

"얘가 사료를 먹었더니 배에 가스가 찼나 봐요."

내가 변명을 해 주었지.

그렇지만 빠다뭉치는 전혀 가책을 느끼는 것 같지 않았어. 거기

있는 사람 하나하나에게 평소와 다름없는 증오의 시선을 보냈는데, 그게 관중들을 더 열광시켰어.

"여러분 '오 마이 갓 메가 유튜버 페스티벌'에 오신 것을 환영합니다!"

사회자가 이 말과 함께 유튜버 중 한 사람을 무대 위로 올라오게 했어.

위피렉스는 등까지 털이 난 먹방 유튜버였어. 그의 채널은 구독자가 10만 명 이상인데 주제는 딱 하나, 산처럼 쌓인 스파게티를 먹는 모습을 보여 주는 거야.

파자마를 입고도 스파게티를 삼키고,

고개를 숙이고도 스파게티를 삼키고,

물속에서까지 스파게티를 삼켰지.

결론적으로 말해 온갖 종류의 유튜버가 다 있더군.

"위피렉스가 1분 안에 볼로네즈 스파게티 열 접시를 먹어 치우는 걸 직접 보고 싶으십니까, 여러분?"

사회자가 물었어. 관중 모두 그의 이름을 외쳐 댔지.

"자, 쇼를 시작합니다!"

행사는 인터넷으로 생중계되고 있었어. 위피렉스는 숨을 들이마신 다음 테이블에 앉아 스파게티를 꾸역꾸역 먹어 대기 시작했지.

한 접시, 두 접시, 세 접시…… 위피렉스는 쉬지 않고 먹었어.

"우리의 먹방 유튜버가 '스파게티 먹어 치우기' 세계 신기록을 눈앞에 두고 있습니다!"

화려하게 번쩍거리는 옷을 입은 사회자가 말했지.

"이제 겨우 일곱 접시 남았습니다!"

위피렉스도 다른 사람들도 빠다뭉치를 눈곱만큼도 염두에 두지 않았어. 스파게티를 정말 좋아하는 그 녀석을 말이야.

아니나 다를까, 갑자기 녀석이 바닥으로 사뿐 뛰어내리더니 무대 한가운데로 달려갔어. 위피렉스가 이제 막 기록을 갈아치우기 일보 직전이었어. 녀석은 위피렉스와 접시 사이에 끼어들었고, 스파게티를 먹어 치우기 시작했어. 그 장면을 네가 봤어야 하는데, 그냥 먹는 수준이 아니라 겨울잠에서 막 깨어난 곰 있잖아. 그 굶주린 곰처럼 허겁지겁 먹어 댔어.

"빠다뭉치, 그만둬!"

너무 창피한 나머지 내가 소리쳤어.

"네가 라이브를 망치고 있잖아."

위피렉스는 단 몇 초 만에 불같이 화를 냈고, 빠다뭉치를 한입에 삼켜 버릴 기세였어(분명 그러려면 그럴 수도 있었을 거야. 나라면 감히 위피렉스의 위와 한판 붙을 생각을 못 했겠지만). 그런데 어쩐 일인지 위피렉스는 관중이나 사회자의 지지를 받지 못했어.

"격정적이고! 난폭하고! 매혹적이기까지!"

사회자가 위피렉스를 무시한 채 빠다뭉치에게 다가서며 소리쳤어. 그러고는 빠다뭉치의 머리를 살살 쓰다듬어 주었지.

"우리의 새로운 스타가 위피렉스보다 스파게티를 더 잘 먹는군요!"

빠다뭉치는 사회자를 죽일 듯 노려보았어. 식사 중인 녀석을 감히 건드리다니! 갑자기 녀석이 움직임을 멈췄어. 빠다뭉치가 이제 스파

게티에 싫증이 난 줄 알았어. 그렇지만 웬걸, 또 다른 자기 과제에 집중하고 있었던 거야. 그래, 바로 헤어볼을 토해 내는 일 말이야.

녀석은 마지막 기록을 깰 접시 위에 아주 역겨운 헤어볼을 토해 냈지. 우리 모두는 입을 떡 벌린 채 숨을 죽이고 있었어.

위피렉스는 눈물을 흘리며 다시는 동영상을 올리지 않겠다고 선언했지. 하지만 이제 아무도 그에게 관심을 두지 않았어.

모두들 빠다뭉치가 게워 낸 헤어볼을 쳐다보느라 정신없었거든. 이번에는 자유의 여신상 모양이었어.

"꾸르륵."

빠다뭉치가 마무리하듯 트림을 내뱉었어. 관중들이 환호성을 터뜨렸어.

　모두들 신이 나 있었어. 빠다뭉치가 위피렉스의 신기록 경신을 망쳐 놓았는데도 말이야. 팬들은 우리에게 열광했어. 맨 앞줄에 앉아 있던 아빠는 엄지손가락을 치켜들며 나를 응원해 주었지.

　'오 마이 갓 메가 유튜버 페스티벌' 두 번째 공연의 주인공은 씁쓰레 여사였어. 역시나 그저 그런 유튜버가 아니었어. 지구상 가장 유명한 영국 여왕보다 유명한 인플루언서* 중 하나였거든. 영국 여왕이 씁쓰레 여사에게 사인을 해 달라고 부탁했다는 소문이 돌 정도였으니까.

여왕님도 노력하시면 저만큼 유명해지실 수 있을 거예요.

* 인플루언서 영향력을 행사하는 사람을 뜻하는 말로 인스타그램이나 유튜브 등 소셜네트워크서비스에서 수십만 명의 구독자를 보유한 사람을 일컫는다.

쑹쓰레 여사가 무대 위로 올라왔어. 머리칼을 한 번 흔들었을 뿐인데도 관중은 미친 듯이 환호했지.

"쑹쓰레 여사! 쑹쓰레 여사! 쑹쓰레 여사!"

쑹쓰레 여사는 자신이 직접 디자인한 패션을 선보였어. 내가 보기엔…… 음, 쓰레기통을 뒤집어쓰고 그 위에 빈 병을 붙이고 나온 듯했어. 물론 마누는 내가 패션을 전혀 이해하지 못한다고 말하곤 해.

쑹쓰레 여사는 관중들에게 인사조차 하지 않았어. 그러기에는 너무나 유명했거든. 쑹쓰레 여사가 대중을 대하는 태도는 똥 냄새라도 맡은 듯 코를 높이 치켜드는 거야.

모두 냄새가 고약해.

100% 인조
(여사도 포함)

"쑹쓰레 여사 최고!"

첫 줄에 앉은 한 팬이 고함을 질렀어.

"여사님이 이대로 내 몸의 냄새를 맡으시게 할 순 없어."

그러더니 쏩쓰레 여사 패션 향수를 1리터나 자기 몸에 뿌렸어.

사회자가 진행을 이어 가려고 무대 중앙으로 나갔어. 하지만 쏩쓰레 여사가 앞지르더니 단번에 사회자를 밀어 버렸어.

"여기서 꺼져, 이 평민아!"

쏩쓰레 여사는 무대 한가운데에 자리를 잡았어. 관중 모두(나와 빠다뭉치를 포함해서) 숨을 멈췄지. 도대체 쏩쓰레 여사가 뭘 하려는지 상상조차 할 수 없었어. 공연이 시작되기 전까지는 말이야. 이윽고 우리 할머니가 틀니를 갈아 끼우는 것보다 훨씬 초현실주의적인 공연이 무대 위에 펼쳐졌어.

쏩쓰레 여사는 아무 말 없이 관중에게 시선을 고정한 채 그대로 멈춰 서 있었어. 5분이 영영 끝나지 않을 것처럼 길게만 느껴졌지.

난—100만—팔로워가—있어, 라는 표정.

핀에 찔린 물고기 풍선 표정.

문에-손가락을-찧었어, 라는 표정.

제일 많은 박수를 받은 건 맙소사-와이파이가-없어, 라는 표정이 었어.

뭐, 내가 보기에는 전부 똑같은 표정이었지만.

"도대체 쓰레 여사는 언제 공연을 시작하는 거죠?"

내가 사회자에게 물었어.

"네가 생각하는 시작 같은 건 없어. 이미 공연을 하고 있잖아! 그녀는 인플루언서라고. 참석 자체가 중요하지."

사회자는 감동을 숨기지 않았어.

내가 수학 선생님한테 했던 말과 똑같았어. 선생님은 나와 의견이 달랐지.

페스티벌 참석자들은 쓰레 여사에게 열광했어. 포즈를 취하거나 표정을 지을 때마다 영상을 찍느라 바빴지.

"이 행사는 레인보우 선글라스에서 후원하고 있다는 걸 다시 한번 알려 드립니다."

한참 후, 사회자가 말했어.

"해시태그, 너는 죽음의 여신."

쏩쓰레 여사가 무대를 떠나려는 순간, 다시 빠다뭉치가 나섰어. 이 녀석이 쓰레기를 아주 좋아한다는 거, 특히 쓰레기를 홀랑 뒤집어 쓰는 걸 아주 좋아한다는 얘기, 내가 했던가?

갈가리 찢을 것이 많으면 많을수록 좋아해. 그래서 종종 빠다뭉치가 고양이 탈을 쓴 중세의 사악한 왕이 아닐까 생각하곤 해. 인류에 복수하려고 다시 태어난 거지. 뭐, 으르렁거릴 줄만 아는 고양이였을 가능성도 없진 않지만. 으흠, 그럴 가능성이 훨씬 높긴 해. 물론 어떤 가능성도 배제할 수는 없어.

이번에도 빠다뭉치가 내 품을 빠져나가더니 쏩쓰레 여사한테 달려들었어. 쏩쓰레 여사 옷이 재활용 쓰레기로 만든 거라는 얘기, 내가 했던가? 빠다뭉치가 옷에 달린 병을 쥐고 흔들자 쏩쓰레 여사가 겁에 질려 소리를 질렀어. 최고로 공포에 질린 표정을 지은 채 말이야.

눈 깜짝할 사이에 녀석은 쓸쓰레 여사의 옷을 갈가리 찢어 놓았어. 쓸쓰레 여사는 눈에 불을 뿜으며 무대를 떠나갔지. 나를 언팔로우하겠다고 선언하면서 말이야.

다시 고요가 찾아왔지. 팽팽한 긴장감마저 감돌았어. 관중들이 나한테 달려들 거라고 생각했어. 하지만 웬걸, 모두들 웃기 시작하는 거야.

"하하하!"

사회자도 깔깔대며 웃었어.

"어리벙벙과 고양이는 정말이지 사랑스럽죠, 여러분. 그렇게 생각하지 않나요?"

7유로짜리 지폐에 인쇄된 얼굴보다 더 가식적인 미소였어.

"저를 다비드라고 불러 주시면 좋겠어요. 어리벙벙이라고 부르는 건 좀 불편해요."

나는 이를 꽉 깨물고 말했어.

"좋습니다. 그럼 어리벙벙 다비드, 어때요?"

사회자가 나를 꽉 껴안았고 관중들은 모두 박수를 보냈어. 빠다뭉 치까지 큰 울음소리를 내서 모두를 만족시켰지.

이제 내 차례가 되었어. 페스티벌에 온 사람들은 나를 보려고 돈을 지불했잖아. 그러니 내가 단순한 어리벙벙과 고양이가 아니라는 걸 보여 줘야 해. 수천 개 눈이 나를 향해 있었어.

뭔가 해야 해. 하지만 뭘 해야 하는지 알 수 없었어.

관중들은 조용히 쇼를 기다렸어. 얼른 내가 알고 있는 웃긴 이야 기들을 머릿속에 떠올려 보았지. 할머니가 외우도록 한 노래까지도 생각해 봤어.

하지만 관중들을 바라본 순간, 이들이 원하는 건 딱 한 가지라는 사실을 깨달았지. 관중들을 실망시킬 수는 없잖아. 난 빠다뭉치를 머리 위에 모자처럼 올려놓고 로봇 춤을 추기 시작했어.

맞아, 들은 그대로야. 로봇.

다른 때 같았으면 내게 토마토를 던졌을지도 몰라(가능하면 잘 익은 걸로 던져 줘). 하지만 어리벙벙과 고양이는 원하는 건 뭐든 해도 괜찮았어. 로봇 춤까지도 말이야.

관중들은 내 사진을 너무 많이 찍어서 결국 휴대폰 배터리가 다 나가 버렸지. 사회자는 신이 나서 박수를 쳤고, 아빠는 내 팬들을 위해 계속 동영상을 촬영하고 있었어. 그사이 구독자 수는 계속 올라가고 또 올라가서 2,000만이 되었어.

여기서 다시 팁 넘버 66.

어떤 영상을 찍던 고양이를 집어넣어라
(고양이는 모두가 좋아해)

'오 마이 갓 메가 유튜버 페스티벌'이 마침내 막을 내렸고, 난 아빠랑 무사히 집으로 돌아올 수 있었어. 잠들지 않고 오래 깨어 있기 세계 신기록을 세우려고 했던 이래로 이렇게 피곤한 적은 처음이었어.

아직 12시도 안 됐어.

내 쇼를 본 할머니와 엄마는 뿌듯하다고 했어. 앤지는 뭐 그다지 기뻐하는 것 같지는 않았어. 자기가 제일 좋아하는 소파에 앉아 내게 혀를 한 번 날름해 보였을 뿐이었지.

휴대폰에는 내 친구 마누의 메시지가 10개 정도 들어와 있었어.

─네가 내 생일 파티에 꼭 왔으면 좋겠어!

―꼭 올 거지?

―왜 대답이 없어?

―내 메시지 받은 거야?…….

답을 하려고 했지만 이내 귀찮아졌어. 너무 감동적인 하루였거든. 마누는 좀 더 기다려도 되잖아. 메시지 전체 삭제 버튼을 눌렀어. 그리고 나는 그 일을 까맣게 잊고 말았지.

머릿속에는 단 한 가지 생각뿐이었어. 역사상 최고의 유튜버가 되는 것. 아주아주 유명해져서 영국 여왕도 나랑 셀카를 찍고 싶어 할 정도가 되는 것.

최고의 스타 자리에 오르기 직전이잖아.

혹시 네가 모를까 봐 하는 얘긴데 '스타 자리에 오르는' 거랑 '스타일 구기는' 거랑은 아주 비슷하다는 거 알아?

불행하게도 내 사전은 그걸 알려 주지 않았던 거야.

여섯째 날

목요일

　다른 사람들에게는 제일 지루한 날, 하지만 내 유튜버 인생에서는 새롭고 신나는 날. 성공이라는 게 영원할 수 없다는 걸 곧 깨닫게 될 거였지만.

　목요일 아침, 초인종 소리에 잠에서 깨어났어. 아침 일찍부터 택배 꾸러미들이 산처럼 쌓이기 시작했어. 내 동영상에 광고를 넣고 싶어 하는 회사들이 보내온 선물이었지.

　선물을 열어 보는 일은 절대 지루해지지 않을 거라고 생각했지만, 아침 먹기 전 이미 20개가 넘는 상자를 열었더니 슬슬 지치기 시작했어.

　"또 시계야?"

　시계만 벌써 20개째야. 이 시계들을 전부 차면 외출하기는 힘들 거 같아.

택배 상자 속에 파묻혀 아침 먹는 걸 깜박했지. 창자가 알람을 울리기 전까지는(그 소리를 해독하는 데 오랜 세월이 걸렸다고).

＊ 배고파!

막달레나 머핀을 먹고 싶었어. 아침 식사로 못 먹어 본 지 한참 되었거든. 막달레나를 하나 꺼내려고 싱크대 쪽으로 가는데 엄마가 나를 막아섰어.

"아침으로는 초코펍스 시리얼을 먹어야지, 아가."

"그것도 좋지만 오늘은 막달레나가 먹고 싶어요."

내가 주방의 붙박이장 문을 열면서 말했어.

하지만 엄마는 절대 물러서지 않았어.

"넌 아침으로 초코펍스를 먹어야 돼. 광고에 사인한 거 잊어버렸니?"

이런 날벼락이!

사실이었어. 바로 어제, 엄청난 양의 초코펍스 시리얼 박스를 선물받은 후 매일 아침 시리얼 먹는 사진을 올리기로 약속했지. 사실 사인을 너무 많이 해서 그냥 팬들에게 해 주는 사인인지 계약서 사인인지 제대로 구분하지도 못했지만 말이야.

엄마는 억지로 사진을 찍었어.

"웃어!"

난 웃으려고 애썼어.

전속력으로 초코펩스를 먹고 나서 막달레나를 찾으러 갔지. 하지만 아빠가 또 다른 계획을 세우고 있었어.

"기다려, 다비드. 학교 가기 전에 오늘 스케줄 좀 검토해 보자."

엄마 아빠는 이제 내 매니저가 된 것 같았어. 계약이랑 협상 같은 걸 다 책임져 주는 사람 말이야.

그래서 하는 말인데 팁 넘버 72.

인터넷 금지령을 내리지 않는 매니저를 찾을 것

후식을 못 먹게 하는 경우도 해당된다는 사실.

아빠는 내 스케줄을 다시 읊어 줬어.

"오전 9시 정각에는 텔레비전 광고 촬영이 있어."

"9시?"

내가 시계를 들여다보았지.

"그 시간에는 학교에 있어야 하는데요?"

하지만 엄마 아빠는 웃기만 할 뿐이었어.

"인생을 통째로 학교에서 보낼 참이야? 하루 결석했다고 티가 나겠니?"

꼭 다른 사람들 같았어. 학교생활을 게을리 해서는 절대 안 된다고 경고한 게 바로 며칠 전인데 말이야. 어째서 이렇게 확 달라진 걸까?

변함없는 사람은 할머니와 앤지뿐이었어. 둘은 우리를 이상하게 바라보았지.

할머니는 의자에서 일어나 아주 엄숙하게(예를 들어 텔레비전에 드라마 채널을 틀어 달라고 하실 때처럼) 내 어깨를 꼭 붙잡았어.

"다비드, 정말 중요한 게 뭔지 잊어버리면 안 된단다."

할머니는 아주 심각해 보였어.

"틀니 말씀이세요?"

할머니는 매번 틀니를 잃어버려서. 간혹 생각지도 못한 곳에서 틀니가 발견되곤 해.

"네 이야기란다."

할머니는 고개를 가로저으며 말했어. 일기 예보 방송에서 주말 날씨가 좋지 않다고 전하는 기상캐스터를 꾸짖을 때와는 완전히 달랐어. 맑게 울리는 목소리로 얘기했거든.

"네가 유명하든 아니든 다를 건 없다. 우리는 모두, 우리가 사랑하는 사람들 덕분에 지금의 모습을 하고 있는 거란다."

할머니 말씀을 좀 더 깊이 생각해 보려는데, 바로 그 순간 자동차 경적 소리가 울렸어.

빠아아아아아아앙!

"다녀올게요, 할머니!"

기사님이 문 앞에서 나와 빠다뭉치, 그리고 아빠를 기다리고 있었어. '약 90퍼센트 청정 원료 사용'으로 유명한 고양이 사료 브랜드 미니누스에서 보낸 자동차였지.

나머지 10퍼센트가 뭔지는 물어보지 않는 편이 낫겠지?

미니누스에서 보낸 자동차에는 온갖 편리한 물건이 다 있었어. 음료에 영화, 전문가용 오디오까지. 시내를 통과해 움직이는데도 시간이 금방 지나가 버렸지. 광고 촬영 스튜디오 앞에 자동차가 멈췄을 때 진심 내리고 싶지 않았을 정도였다니까.

"잠깐만요."

발 마사지기를 시험해 보던 아빠가 말했어.

하지만 광고대행사는 융통성이 눈곱만큼도 없었어. 촬영이 늦어지고 있어서 서둘러 시작해야만 했지.

광고 세트장은 정말 눈이 휘둥그레질 정도였어. 마치 영화 스튜디오 같았거든. 다만 온통 고양이 사료 색깔로 도배돼 있었다는 것만 빼고. 광고 세트장은 어려운 도전 과제를 풀어 나가는 텔레비전 퀴즈 프로그램을 녹화할 때 쓰는 것과 똑같았어. 세트장 한구석 콘크리트에 절반쯤 묻혀 있는 소품을 보고 금방 알아챘지. 마지막 녹화를 한 다음 잊어버리고 그대로 두었나 봐.

세트장에 들어서자 키가 크고 좀 우쭐대는 여자가 나타났어. 촬영 감독이라고 하더라고.

"안녕하세요? 미니누스와의 계약에 따라 여러분과 짧은 컷 하나를 찍게 되어 기쁘다는 말씀 드립니다."

아주 형식적이고 차갑게 인사를 건네더군. 기쁘다는 건 그냥 말뿐인 거 알지? 표정으로는 '차라리 지렁이를 먹는 편이 낫겠어.'라고 이야기하는 거 같았거든.

"이얏호!"

갑자기 아빠가 신이 나서 외쳤어.

"혹시 그 유명한 영화감독, 소피아 포탈라 아니십니까? 저는 감독님 팬입니다. 비디오 대여점에서 감독님 영화는 전부 다 빌려 봤

어요."

감독님은 이맛살을 찌푸렸어. 분명 비디오 대여점 같은 건 이제 남아 있지 않다고 생각했을 거야.

"그건 인터넷이 영화를 무너뜨리기 이전 이야기지요. 지금은 광고 영상 찍는 일을 합니다."

감독님은 자기의 영화감독 경력을 끝장낸 장본인이기라도 한 것처럼 나를 노려보았어. 나는 분위기를 좀 바꿔 보려고 빠다뭉치를 높이 들어 올렸지.

"제 고양이를 소개합니다. 이 녀석 이름은 빠다뭉치예요. 이봐, 이분은 우리 광고를 찍어 주실 소피아 포탈라 감독님이셔."

유감스럽게도 빠다뭉치는 자기만의 방식으로 인사를 했어. 다시 말해, 헤어볼을 뱉어 내는 방식으로 말이야.

너무 창피했어! 다행히 감독님은 이 상황을 자기 나름대로 근사하게 받아들였어.

"이 괴물을 치워 버려! 당장 샤워하러 가야겠어! 아니, 휴가가 필요해! 어쩌다가 내가 이 지경이 되어 버린 거지? 내가 전생에 식인종이기라도 했나?"

그러니까 내 말은…… 상황에 비해 그나마 침착하게 받아들인 편이라는 거야.

적어도 우리를 향해 카메라를 내던지지는 않았잖아. 곳곳에 카메라가 널려 있었는데 말이야.

감독님이 진정하는 동안 빠다뭉치와 나는 미용팀에게 보내졌어. 미용사들은 나를 의자에 앉히더니, 내가 투명 인간이라도 되는 양 자

기들끼리 떠들기 시작했지.

"꼭 죽은 사람 머리카락처럼 새빨갛네."

한 사람이 내 머리를 헤집으면서 말했어.

"우리 집 프라이팬보다 기름기가 더 많아."

다른 사람이 말했지.

"푸하!"

"머리 위에 다람쥐가 앉은 거 같은데?"

그건 진짜 다람쥐였어. 이전 광고 촬영장에서 빠져나온 거였지(다람쥐 우리가 별로 튼튼하지 않았던 모양이야).

다람쥐가 내 머리에서 튀어 올라 바닥으로 내려가더니 누가 잡아

채기도 전에 스튜디오를 빠져나갔어. 미용사들은 아무 일도 없었다
는 듯 내 머리카락을 손질해 주었지. 그런데 이전과 달라진 거라고는
눈을 씻고 찾아봐도 없는 것 같지 뭐야.

　그다음은 분장사 손에 맡겨졌는데…… 내 얼굴을 인스타그램 필
터처럼 보이게 만들어 놓았더라고.

"어떠니?"

분장사가 내게 물었어.

"흐으으으음……."

"그건 마음에 든다는 뜻이겠지?"

"흐으으으음!"

옆에 서 있던 아빠가 대신 고개를 가로저었어.

"화장이 너무 짙어서 입도 못 벌리는 거 같은데요.

맞아. 크림을 덕지덕지 바른 탓에 입술이 벌어지질 않았어. 입술

이 본래의 움직임을 되찾는 데 한참이 걸렸지.

그러는 사이 고양이 미용사는 빠다뭉치의 털을 빗기느라 진땀을 빼고 있었어.

야옹!*

* 인간, 꿈도 꾸지 마!

준비를 겨우 마친 우리는 세트장으로 갔어. 카메라가 이미 다 준비되어 있었지. 소피아 포탈라 감독님은 아까의 충격에서 대략 벗어난 것 같았어.

"가능한 한 빠른 시간 내에 끝내도록 하자. 너희 때문에 두통이 날 지경이거든."

감독님이 내게 속삭이듯 말했지.

빠다뭉치와 나는 카메라 앞에 섰어. 내 채널 동영상을 찍는 것과 별다른 점은 없었어. 예산이 엄청나게 들어간다는 것만 빼고 말이야. 난 대본에 있는 대사를 읊었지.

이 말을 하는데 소름이 돋을 지경이었어.

"그냥 하는 말이죠? 그렇죠? 정말 먹으라고 시키지는 않을 거죠?"

"날 시험에 들지 말게 해 줄래?"

감독님이 나를 흘겨보았어. 말하는 것으로 봐서는 충분히 그럴 만한 사람이었어.

난 감독님 지시에 따라 한 100만 번쯤 그 말을 반복했어. 그런데도 도무지 감독님 마음에 들지 않았나 봐.

"열정이 없어!"

아니면,

"너무 열정적으로 말하면 안 돼. 이건 그냥 고양이 밥이야. 오스카 상이 아니라고!"

배우가 되는 게 그렇게 어려운 일인지는 상상도 못 했어.

감독님은 한계에 다다른 거 같았어. 계약서에 금지 조항이 없었더라면, 나를 창밖으로 던져 버렸을지도 몰라. 다행히 겨우 촬영을 마치고 그 자리를 빠져나올 수 있었어.

"그럼 이제 됐나요? 저 잘했죠?"

내가 꿈에 부풀어 말했지.

"그럴 리가! 네 목소리에 더빙을 입힐 성우를 구할 거야."

감독님이 단호하게 대답했어.

광고대행사 기사님이 나를 곧장 학교로 데려다주었어. 교실에 들어섰을 때 강철 선생님 수업이 막 끝나려던 참이었어.

"학생 여러분, 그럼 준비들 하시지!"

헤어지는 인사말이었어. 도대체 그 전에 무슨 말을 했는지 알아봐야만 했지.

난 마누를 찾아다녔어. 마침내 사물함 앞에서 내 친구 마누의 실루엣을 발견했어. 다가가 말을 거는데, 마누가 못 들은 척하는 거야.

"어제 네 문자에 답장 안 해서 화난 거 알아. 그래도 물어볼 게 있어."

마누의 얼굴이 붉어졌어(코피가 나려던 건 아니었어). 갑자기 화가 치솟은 거지.

"별 상관없어. 나도 다른 친구들이랑 재미있게 노느라 바빴거든."

마누가 다른 쪽을 바라보며 말했어.

"강철 하사관이 뭐 중요한 이야기를 했는지, 물어보려고 했던 것뿐이야."

마누가 인상을 찌푸렸어.

바로 그 순간 사라가 나타났어. 내 친구 어깨 너머로 나를 바라보며 말했지.

"이 찌질이랑 쉬는 시간을 다 보낼 셈이니?"

우리 학교에서 제일 인기 있는 애가 한 말이야. 이건 생존의 문제라고.

"내가아아아? 마누랑? 그냥 뭐 하나 물어보려던 것뿐이야."

내 친구는 나를 뚫어져라 바라보았어. 그러고는 잠시 후 가방을 내 머리 위로 던져 버렸지. 굉장히 화가 난 거야. 하지만 난 사라 앞에서 어리벙벙처럼 보이고 싶지는 않았다고!

"네가 궁금해하는 거 대답해 줄게. 강철 하사관은 중요한 말은 하나도 안 했어."

알 수 없는 묘한 말투였지.

"내가 필요 없는 것 같으니까 난 이만 가 볼게."

마누는 고개를 꼿꼿이 쳐들고는 진짜 가 버렸어.

내가 마누에게 못되게 군 것 잘 알아. 하지만 사라가 옆에 있는 바람에 그런 멍청한 짓을 한 거라고. 내게 부정적인 영향을 미쳐 신경 세포를 잠들게 한 거지.

멋쁨 그룹 애들은 이미 나랑 사진을 너무 많이 찍어서 이제 그런 거엔 관심이 없었어. 쉬는 시간에는 다른 이야기를 나누었지. 하지만 그것도 그냥 어떤 것이 '멋있는지' 혹은 '멋있지 않은지' 결정하는 게 대부분이었어. 그 모든 게 참 허탈했어. 화려한 장식장에 전시되어 있을 뿐인 트로피 같다고나 할까.

인기가 있다는 거…… 그게 이제는 별로 그다지…… 멋져 보이지 않았어.

남은 수업 시간 동안 마누는 나를 피해 다녔어. 그렇지만 뭐 별 상관없었어. 온 신경이 내 채널에 집중되어 있었거든. 구독자 수가 3,000만 가까이 되었어. 친구 하나보다 3,000만 명이 훨씬 좋은 거 아냐? 물론 그중 누구도 개인적으로 친한 사이는 아니지만 말이야.

학교를 마치고서도 곧장 집으로 가지 못했어. 이번엔 다른 기사님

이 나를 방송국 스튜디오로 데려다주었지.

자정 뉴스를 진행하는 유명한 앵커가 〈한밤의 이슈〉 프로그램에서 나를 인터뷰하고 싶다는 거야. 이 프로그램은 시청률이 무척 높아서 경쟁 채널 사람들까지 본다고 해.

"다들 너를 보고 싶어서 안달이야."

조수석에 앉은 아빠가 말했어. 아빠는 매니저 자격으로 내가 가는 곳마다 따라다니고 있어.

"네가 너무 유명한 나머지 미국의 도널드 트럼프 대통령과의 인터뷰를 취소했다는구나. 그 시간에 대신 너를 만나려고 말이야."

인터뷰하러 가는 길에 아빠는 어리벙벙과 고양이의 공식 상표 등록 제품 사진 하나를 보여 줬어. 며칠 내로 판매에 들어갈 거라는 거야. 나랑은 하나도 닮지 않은 인형이었어.

"고리를 잡아당기면 바지가 벗겨지는 거야."

아빠가 설명해 주었지.

"한번 볼래?"

"아니요."

내가 냉큼 거절했어.

인터넷에서 수도 없이 내 팬티를 본 걸로 충분해. 이젠 플라스틱 인형으로까지 보라니 말도 안 돼.

"그리고 또 뭐가 있어요?"

"이건 너도 좋아할 거야. 빠다뭉치 담배 라인이야."

아빠가 호주머니에서 담뱃갑을 꺼냈어.

"담배요? 아이들은 피우면 안 되잖아요! 담배 연기가 역겨운 건 말할 것도 없고요."

아빠는 잠시 아무 말도 없었어. 아빠도 담배를 싫어하시거든.

"그래, 이건 좋은 생각이 아닌 것 같구나, 헤헤헤. 생산을 멈출 수 있는지 알아봐야겠다. 그런데 아직 볼 게 하나 더 남아 있어!"

"내 얼굴이 그려진 화장실 휴지잖아요?"

나는 정말 깜짝 놀랐어.

"그 이상이지. 울트라 소프트 화장실 휴지야."

아빠가 휴지를 뺨에 문지르는 거야.

"너무 근사하지 않니?"

하지만 내 상표 상품화에 대한 토론은 다음 기회로 미뤄야만 했어. 차가 방송국 앞에 도착했고, 이제 스타답게 등장해야만 했거든. 수많은 팬들이 나를 맞아 주었어. 내가 차에서 내리는 걸 보자 미친 듯이 환호성을 질러 댔지.

"어리벙벙과 고양이다!"

"제 이름은 다비드예요, 헤헤."

난 계속해서 이렇게 얘기했어.

"그런데 그 모자는 팬티예요?"

하지만 아무도 내 이야기에는 귀 기울이지 않았어. 빠다뭉치가 차에서 내리자마자 모두의 관심이 그리로 쏠려 버렸거든. 녀석은 벌컥 성을 냈지.

보안 요원들이 우리를 곧장 방송국 안으로 데려갔어. 하루에 벌써 두 번이나 화장을 하고 머리를 매만졌어. 분장실에는 내가 골라 먹을 초콜릿이 한가득 있었고, 빠다뭉치는 통조림을 실컷 먹었어.

"난 이 생활이 꽤 마음에 들어요."

크고 푹신한 소파 위에 풀썩 앉으며 아빠한테 고백했지.

잠시 후 밖에서 노크 소리가 들려왔어. 〈한밤의 이슈〉 방송이 이제 막 시작되려는 참이었지. 너무 떨렸어!

"침착해, 아가. 발레 공연 때 하던 신경 안정 호흡법을 한번 해
보렴."

"그건 앤지라고요."

나도 모르게 날카롭게 반응했어.

"난 스트레스를 받으면 히스테리가 생기잖아요."

"아 참, 그렇지."

아빠는 내 등을 가볍게 두드려 주었어.

"그러면 숨을 한번 참았다가 천천히 내쉬어 봐."

곧이어 방송국 직원이 나를 거대한 스튜디오로 데려갔어. 앵커가
부를 때까지 세트장 옆에서 기다려야 했지. 너무 떠는 바람에 내 팔
에 안긴 빠다뭉치는 세탁기 위에 앉아 있는 줄 착각했을 거야.

60세쯤 된 우아한 여성 앵커가 카메라를 보며 말했어. 생방송이라
그런지 긴장감이 말도 못했지.

"이 어린이의 영상이 전 세계를 떠들썩하게 하고 있습니다. 아주 굉장한 반응인데요. 영상에 나온 팬티는 이미 동이 났다고 합니다. 스튜디오에 오신 것을 환영합니다! 어리벙벙과 고양이!"

"제 이름은 다비드예요."

내가 조그맣게 속삭였어. 아무도 그 소리를 듣지 못했을 거야.

나는 빠다뭉치를 품에 안고 스튜디오로 들어갔어. 엄마가 나를 박물관에 데려가겠다고 한 이후로 그렇게 떨리긴 처음이었어.

앵커는 나를 옆자리에 앉혔어. 빠다뭉치는 그 옆 쿠션에 엎드려 잠이 들었지.

"이런, 고양이들은 저희 프로그램을 좋아하지 않는 게 분명하군요!"

앵커가 눈길 한번 주지 않은 채 말했어.

"〈한밤의 이슈〉에 오신 걸 환영합니다. 텔레비전 프로그램에 초대받으니 기분이 어떤가요, 다비드?"

"저는 한 번도……."

"여러분 보셨죠? 이 유튜버들은 텔레비전이 뭔지도 모른답니다, 하하하!"

그때 무대 옆에 있던 패널에 불이 반짝 켜졌어.

큰 소리로 웃음

방청객들은 시키는 대로 웃음을 터뜨렸지.

난 그저 텔레비전 스튜디오에 한 번도 와 본 적이 없다고 말하려던 것뿐이야. 뭐, 상관없어. 앵커는 자기만의 인터뷰를 계속했어.

"다비드 군과 고양이가 전 세계적으로 유명해졌는데요. 이렇게 온 세상 웃음거리가 된 기분이 어떤가요?"

난 입술을 꽉 깨물었어. 이 앵커가 점점 기분 나빠지기 시작했거든.

"에……."

"저런."

앵커는 음모를 꾸미는 듯한 목소리로 카메라를 바라보며 말했어.

"고양이가 혀를 삼켜 버린 모양입니다!"

방청객들은 또다시 웃기 시작했어. 그런 상황이 너무 불편했던지 빠다뭉치가 앵커를 향해 괴성을 질렀어.

"다비드."

앵커는 내 얼굴도 쳐다보지 않고 다시 말을 꺼냈어. 오로지 카메라에 잘 나오는 것 말고는 아무것에도 신경 쓰지 않았지.

"다비드 채널의 인기가 일시적인 것에 불과하다고 생각하는 사람들에게 무슨 이야기를 해 주고 싶은가요?"

방청석에서 아빠가 내게 손을 흔들었어. 이 스튜디오 안에 적어도 한 사람은 나를 지지하고 있는 거야.

"글쎄요……."

내가 무슨 할 말이 있겠어? 다정하고 재미있는 인터뷰일 줄 알았

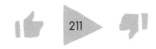

는데, 마치 텔레비전에서 재판을 받는 느낌이었어.

"…… 어리벙벙과 고양이와의 인터뷰는 여기까지였습니다."

앵커가 사람 좋은 미소를 지었어.

"전 사실 이 고양이가 토끼인 줄로만 알았어요. 이 커플이 좀 더 재미있는 이야기를 해 주기를 바랐습니다만, 하하하."

이 상황을 나만 불편하게 느꼈다면 빠다뭉치는 얌전히 있었을 거야. 하지만 녀석은 절대 자기를 비웃는 걸 참고 넘기지 못하거든. 빠

다뭉치는 사납게 카메라 위로 뛰어오르더니 카메라를 망가뜨리기 시작했어.

"컷!"

앵커가 소리쳤지.

"이 고양이는 악마에 사로잡힌 게 분명해!"

빠다뭉치가 앵커를 덮치기 전에 간신히 붙잡았어. 헤어볼을 토해낼 때는 목표물에 완전 정확하게 맞추거든.

"썩 꺼져 버려! 더 이상 이 프로그램에 얼씬도 하지 마!"

앵커가 단단히 화가 났나 봐.

"우리는 서커스 원숭이가 아니에요."

내가 그 자리를 떠나기 전에 말했어.

앵커는 작별 인사조차 하지 않더군.

"이제는 젊은 사람들이 좀처럼 텔레비전을 보지 않으니까 화가 나 있는 거야."

아빠가 내 등을 토닥여 주었어.

"네 잘못이 아니란다."

다시 자동차로 돌아왔을 때 휴대폰이 눈에 들어왔어. 인터뷰 덕분에 어리벙벙과 고양이는 또다시 실시간 검색어에 올랐지만, 안티 팬들의 댓글도 엄청나게 많았어.

멍청이두둘리: 정말 지루한 유튜버. 차라리 잡초가 자라는 영상을 보는 게 더 재미있을 듯.

 타티실브: 어리벙벙과 고양이가 솔직히 재미있나? 어금니 아픈 것보다 더 최악이던데!

혹시 안티 팬이 뭔지 모를까 봐 하는 말인데, 전문적으로 증오의 댓글을 다는 사람들을 말하는 거야. 세계 유명 대학에서 연구한 바에 따르면……

그래서 내가 드리는 팁 넘버 83.

절대 세상 모두에게 사랑받을 수는 없다

(그러니 누군가를 만족시키려고 애쓰지 말라)

완전히 실패한 하루였어. 고양이 사료 광고 촬영과 텔레비전 인터뷰를 오가며 인기인의 어두운 면을 발견했거든.

집으로 돌아온 나는 침대로 직행했어. 실패로 몹시 낙담해 있었지. 마음을 다잡으려고 셀카를 찍었어.

#완전슬픔

그래, 난 인터넷 세대가 맞아. 내가 느끼는 걸 SNS에 이야기하지 않으면 그 감정이 제대로 느껴지지 않는 것 같거든.

그때 멀리서 발자국 소리가 들려왔어. 엄마나 할머니가 잘 자라는 인사를 하러 오신 모양이야. 그런데 발자국 소리의 주인공은 내 동생 앤지였어.

"성가시게 굴지 마. 그럴 기분 아니거든. 나 저기압이야."

내가 경고를 보냈어.

앤지가 내 침대 모서리에 걸터앉았어.

"오빠 지금 슬퍼? 나도 텔레비전 인터뷰 봤어."

동생이 작은 목소리로 말했지.

"다들 오빠한테 너무한 거 같아."

난 동생을 물끄러미 바라보았어. 농담하는 거야? 앤지는 내 성질을 돋우는 재주가 있다고 했잖아. 아기 때부터 차근차근 개발해 온 재능이라고나 할까.

"나 놀리러 온 거 아니었어?"

내가 믿을 수 없다는 듯 물었지.

앤지는 고개를 가로저었어.

"내가 아무리 오빠를 놀려도, 난 오빠 동생이잖아. 그렇지만 텔레비전 그 아줌마가 그러는 건, 용납 못 해."

하마터면 동생에게 고맙다고 말할 뻔했어. 그런데 바로 그 순간 휴대폰이 울렸지. 인터넷 축하 메시지였어.

축하합니다!
어리벙벙과 고양이가 세계에서 가장 핫한 검색어로 선정되었습니다!

"레알? 인터뷰를 그렇게 망쳤는데도? 하하하!"
나는 침대에서 벌떡 일어났어.
"무슨 일인데, 오빠?"
앤지가 어리둥절해서 물었지.
동생 얼굴에 휴대폰 화면을 들이밀었어.

이 멋진 사람이 누구게?

텔레비전 인터뷰 덕분에 나는 더 유명해졌어. 무슨 일이 일어났는지, 또 내가 어떤 나쁜 인상을 남겼는지 따위는 중요하지 않아. 사람들은 나를 사랑하니까.

그리고 그때 난 좀 못나게 굴었어. 인정해, 아니 아주 꽤 못나게 굴었어. 앤지를 놀려 댔거든.

"스승님께 배워, 동생. 우리 가족 중에서 내가 제일 잘났잖아?"

동생이 팔짱을 끼며 말했지.

"난 오빠를 위로해 주려고 그랬는데."

지난 몇 년 동안 형제 사이의 경쟁에서 앤지에게 당해 왔던 걸 복수하려고 그랬던 거야.

"누가 누구를 위로해 준다는 거야, 지금? 난 구독자가 수백만이 넘는 사람이야."

앤지는 화가 나서 방을 나갔어. 문을 얼마나 세게 닫았는지 건물이 다 흔들릴 정도였어.

지진 아니야?

아니,
또 6층 집인가 봐.

아무래도 상관없었어. 유튜버 명예의 전당에 들어간 지금 여동생과의 싸움은 정말 바보짓 같았으니까.

이 소식을 누구라도 함께 나누고 싶었지. 마누에게 메시지를 보낼까 하다가 마지막 순간에 그만두었어. 아직 나한테 화나 있을 것 같았거든. 한동안은 연락을 안 하는 게 좋을 것 같았지.

대신 멋쁨 그룹 애들한테 메시지를 보내기로 했어. 전송을 마친 뒤 몇 분이나 기다렸지만 아무도 답이 없더라. 걔들이 그다지 관심 없을 거라는 걸 알고 있었지만, 내심 인정하고 싶지 않았어. 멋진 애들이 관심 있는 것은 오로지 내 유명세뿐이라는 걸 잘 알고 있었는데도 말이야.

이때만 해도 아무것도 몰랐어. 앞으로 몇 시간 후면 내 인생이 송두리째 바뀔 거라는 사실을.

일곱째 날

금요일

글쎄, 너도 네 인생 최고의 기념비적인 날이 있었는지 모르겠다. 네 삶을 완전히 뒤바꿔 버린 날, 네가 늙어 꼬부랑 노인이 되어도 기억할 날 말이지. 난 일주일 새 그런 날을 벌써 일곱 번째 맞이하고 있었어.

알람이 울리기도 전에 아빠가 나를 깨웠어.

"다비드! 다비드!"

아빠의 방식은 약간 짐승 같은 데가 있어.

그래도 완전히 깨어나는 데는 10분이 걸렸어. 알잖아, 내 좀비 같은 뇌 말이야.

"왜 그렇게 서두르시는데요? 난 잠이 부족한 청소년이라고요. 계속 그러시다가 제게 돌이킬 수 없는 상처를 입힐 수도 있어요."

가끔씩 좀 더 자게 내버려 두라고 이런 수법을 쓰는데, 뭐 잘 먹혀들지는 않아.

그때 아빠가 봉투를 하나 건네주었어.

"급한 편지라며 방금 이런 걸 주고 갔어. 어서 열어 봐! 뭐라고 쓰여 있는지 보게."

난 귀찮기만 했어. 오로지 좀 더 자고 싶은 마음뿐이었어. 분명 또 다른 후원자가 자기네 우스꽝스러운 제품을 써 달라고 보낸 편지일 거라고 생각했지. 하지만 그건 착각이었어. 훨씬 엄청난 일이 기다리고 있었거든.

존경하는 크리에이터 님.
저희는 귀하가 몹시 자랑스럽습니다.
귀하의 채널이 구독자 1억 명을 돌파하였습니다.
(저희도 어떻게 설명할 길이 없습니다)
귀하께 유튜브 최고의 상 플루토늄 버튼을 수여하고자 합니다.
오늘 오후 7시 특별 배송팀이 직접 전달해 드릴 예정입니다.
다시 한번 축하드립니다!

"플루토늄 버튼이라고? 그건 내 일생일대의 꿈이었어!"

사실 진짜 솔직히 말하면 버튼이라는 게 있다는 걸 그때 처음 알았어. 얼마 전까지만 해도 내 인생 제일 큰 꿈은 '오버워치' 게임에서 20초 이상 살아남는 거였거든.

휴대폰으로 재빨리 검색해 보았어. 내 채널이 세계 최초로 구독자 1억 명을 돌파한 거야.

"축하한다, 아들!"

"오늘은 정말 라이브가 필요해요."

나는 좀 흥분했지.

"특별 배송팀이 트로피를 들고 오는 모습을 방송하는 거죠, 이거야말로 언박싱이잖아요! 앵커도 인플루언서도 없이 내가 온전히 주인

공이 되는 거라고요!"

"야옹."

아빠와 함께 방으로 들어온 빠다뭉치가 성질을 부렸어.

"물론 너랑 빠다뭉치랑 둘이."

아빠가 바로잡아 주었어.

빠다뭉치와 나는 서로를 노려보았어. 우리는 아주 오래전부터 앙숙이야. 물과 기름, 아니 태양과 밤, 아니 펩시콜라랑 코카콜라보다 더 지독한 앙숙.

"그래요, 빠다뭉치도 함께요. 오늘 같은 기념비적인 날에는 우리 둘이 주인공이죠."

난 녀석을 진정시키려고 이렇게 말했지.

특별 배송팀이 오기 전까지 시간이 한참 남았고, 배 속에서는 아침을 달라고 아우성이었어. 지금으로서는 유튜버가 된다고 해서 학교에 안 갈 수는 없어(머릿속으로는 동영상 하나로 중학교를 졸업시켜 주면 좋겠다고 생각했지만).

다른 가족들은 이미 식탁에 모여 있었어. 앤지는 나를 보고 입술을 비죽거렸지.

"구독자 1억 명 사도신경을 외워야 하나?"

질투심을 숨기지 못하고 앤지가 말했어.

"1억이라고?"

엄마가 깜짝 놀라면서 내게 축하 키스를 퍼부었어. 난 간신히 숨만 쉴 수 있었지.

엄마는 정말 못 말리는 키스쟁이라서 까딱하다간 진공청소기처럼 너까지 빨아들일지도 모르거든.

앤지는 더 화가 났어. 얼마나 고소하던지!

"하나도 안 부럽다, 뭐."

나를 쳐다보지도 않고 말했어.

"내 구독자들은 다 내 친구들이고 내게 소중한 사람들이야. 오빠는 잘난 척하느라 아무도, 아무것도 소중한 게 없지."

"아니야, 내게도 소중한……."

내게 소중한 게 뭔지 찾으려고 주위를 둘러보았어. 그게 뭐지? 그다지 어려운 질문도 아닌데!

하지만 아무리 둘러봐도 눈에 보이는 건 초코펍스 상자뿐이었어. 나도 모르는 사이에 바보가 되어 가고 있는 걸까? 세상 성가신 내 동생 말이 일리 있다는 얘기야? 다른 건 다 몰라도 앤지 말을 받아들여야 돼?

"꼬마들 바보짓에 쓸 시간 없어. 학교 가서 애들한테 사인해 줘야 하고, 저녁에는 '결정적인 한 방' 촬영이 있다고."

"결정적인 한 방? 오빠가 더 이상 동영상 찍을 아이디어가 없다는 사실을 인정하다니, 기쁜걸."

앤지가 나를 비웃었어.

"무슨 소리야? 오늘 역사적인 생방송을 한다는 얘길 한 거라고. 그리고 내일, 그리고 또 내일은…… 훨씬 더 역사적인 생방송을 하게되겠지. 너도 놓치고 싶지 않으면 어서 구독 신청 해야 할걸. 이 꺼벙아!"

내가 반박했어.

엄마가 안테나를 곤두세웠어. 너도 알다시피 엄마들은 형제 사이에서 일어나는 일을 알아차리는 데 거의 초음파에 가까운 신경 감각을 가지고 있잖아.

엄마가 안타까운 표정으로 나를 바라보았어.

"내일도 촬영할 거니, 아들? 토요일은 우리 가족이 모여서 영화 보고 피자 먹는 날이잖니?"

토요일의 영화와 피자데이. 그건 가메로 가족의 아주 오래된 전통이야. 아마 동굴에 그려진 그림이 영화를 대신하던 원시 시대에도 우리 가족은 피자 대신 매머드 고기를 먹으면서 그림 감상을 했을걸.

"내 일거수일투족을 궁금해하는 구독자들이 있다고요."

난 변명했지.

"그런 바보짓 때문에 팬들을 구석에 밀어 둘 수는 없어요."

"네 생각이 정 그렇다면……."

엄마가 눈에 띄게 실망하는 투로 말했어.

할머니는 아무 말 없이 나를 바라왔지. 뭐, 그건 아직 틀니를 끼우지 않아서 그런 걸 거야. 이번엔 또 틀니를 어디다가 둔 거지?

할머니는 이가 없어도 눈빛만으로 할머니 생각을 알려 줘.

"정말 중요한 게 뭔지 잊으면 안 된단다."

하지만 네가 그때의 나처럼 느닷없이 찾아온 유명세에 취한 멍청이라면, 그게 무슨 말인지 모르기 쉽지.

"다녀올게요!"

난 할머니가 틀니를 끼우고 이런저런 잔소리를 시작하기 전에 얼른 밖으로 나왔어. 뭔가 잊은 게 있는 것 같았는데, 그게 뭔지는 잘 생각나지 않았지. 괜찮아, 내 구독자들이 기억나게 해 줄 거야. 그땐 그렇게 생각하고 말았어.

그날은 길가에 나를 기다리는 기자가 하나도 없었어. 이상한 일이지? 그때 카메라를 들고 있는 사람이 보여서, 왜 내 사진을 찍지 않느냐고 물었어.

"살려 줘요! 제 카메라 훔쳐 가지 말아 주세요! 저는 관광객입니다."

그 사람이 외국인 억양으로 이렇게 말하는 거야.

"아, 정말요? 그럼 제 사진 찍으세요. 저 유명한 사람이에요."

필사적으로 관심을 끌려고 했지.

하지만 그 사람은 전염병이라도 있는 것처럼 나를 피해 갔어.

내가 좀 무서웠나 봐. 왜 그런지는 알 수 없었어.

학교에 도착해서도 좀 실망스러웠어. 나를 기다리는 애들이 하나도 없었거든. 복도에 핵폭탄이라도 떨어진 것 같았어. 아니 누가 뭘 토해 놓기라도 한 것처럼 얼씬하는 아무도 사람이 없었어.

"안녕? 날 환영하는 사람 없어?"

어쩌면 내가 구독자 1억 명을 최초로 돌파한 세계에서 제일 유명

한 유튜버라는 사실을 아직 모르는지도 몰라.

"좋아!"

내가 큰 소리로 말했지.

"다음번에는 호락호락 사진을 함께 찍어 주지 않을 테다."

이 상황에 분개하면서 교실로 들어갔어. 다른 애들은 몰라도 우리 반 애들만큼은 나에게 달려들어 축하해 줄 거라고 생각했지. 애들이 몰려들 것에 단단히 대비하고 문을 활짝 열었어.

자, 한 사람 한 사람씩! 전부 사인해 줄 테니까.

하지만 모두 제자리에 조용히 앉아 있을 뿐이었어. 각자 앞에 놓인 종이에 집중하면서 말이야. 어떻게 된 영문인지 어리둥절해하는 사이 강철 선생님이 다가왔지.

"다비드 가메로! 깜짝 시험에 3분 늦게 도착했다. 지각, 1점 감점!"

"깜짝 시험이라고요?"

알리시아 레포요가 목을 가다듬었어. 뭔가 아는 게 있을 때 나오

는 버릇이지. 사실 언제나 그렇긴 하지만.

"정확히 말하자면 깜짝 시험은 아니에요. 벌써 알려 주신 지⋯⋯."

선생님이 경고의 눈빛을 보내자 그 앤 생각을 고쳐먹었어.

"얼른 자리에 앉아서 시험을 시작하도록! 이번 시험은 최종 점수에 많이 반영될 거다."

강철 선생님이 명령했어.

시험공부 하나도 안 했는데! 유튜브에 너무 정신없던 나머지 시험을 까맣게 잊고 있었어. 문제에 집중하려고 해 봤지만, 무슨 말인지 하나도 모르겠더라. 꼭 중국어 시험 같았어.

몇 초 지나지도 않는데, 강철 선생님이 내 시험지를 빼앗았어.

"이런, 미안하다. 잘못해서 군대 기밀 서류를 줬다. 이게 진짜 시험지다."

선생님이 다른 종이를 내밀며 말했지.

이번 시험지는 확실히 우리말로 되어 있었어. 하지만 무슨 소린지 이해 못 하기는 매한가지였지.

도움을 청하려고 멋쁨 그룹 애들을 흘낏 쳐다봤어. 하지만 못 본 척하더군. 제시카는 자기 시험지를 못 보게 하려고 한쪽 팔로 가리기까지 했어. 난 이제 낙제를 피하지 못할 거야. 반대편으로 고개를 돌리니 내 옛 친구 마누가 나를 쳐다보고 있었지.

"나한테 무슨 말 할지, 다 알아."

신경질적인 미소를 띠며 내 옛 친구가 말했어.

"답 좀 보여 줄래?"

내가 물었지.

마누는 체육 선생님이 '자원해서' 뭘 하라고 했을 때랑 똑같은 표정을 지었어. 왜 그랬는지는 모르지만 나는 마누가 다른 말을 할 거라고 기대했던 것 같아. 내 옛 친구는 정말 미스터리거든.

그때 마누가 몸짓으로 이야기하기 시작했지. 어느 해 여름 마누네 아빠가 마누를 팬터마임 강좌에 등록시켜 준 뒤로 마누가 발명해 낸 언어야. 처음엔 장난으로 알고 웃었는데, 선생님한테 안 걸리고 서로 답을 알려 줄 때 아주 유용했지.

해석: 너는……

해석: 끔찍한……

해석: 친구야.

메시지를 정리해 보니 '너는 끔찍한 친구야.'라는 말이더군. 난 얼른 답안지에 그렇게 적어 넣었어.

"야! 이건 첫 번째 문제 답이 아닌 거 같은데?"

내가 화를 냈지.

마누는 혀를 날름해 보이고는(이건 전 세계적으로 통하는 언어니까 해석할 필요 없지?) 다시 시험에 집중했어.

강철 선생님이 친절하게도 답안지 제출 시간을 알려 주었지.

좋아, 옛 친구가 나한테 화가 날 수 있다는 건 인정해. 하지만 절대로 내가 먼저 사과하지는 않을 거야.

난 구독자 1억 명을 가진 유튜버야. 세계 최초로 플루토늄 버튼을 받을 거라고. 마누는 내가 외톨이였던 과거에 속하는 친구일 뿐이야.

시험을 도와줄 친구가 없어도 그만이야. 어쨌든 난 낙제하지 않을 테니까. 지난 며칠 동안 깨달은 게 있다면, 유튜버는 원하는 건 뭐든 할 수 있다는 거지.

"다 했어요."

1분 후 내가 말했어.

강철 선생님이 답안지를 가져가더니 즉시 채점을 시작했어.

"흐으으음."

선생님이 답안지를 훑어보면서 중얼거렸지.

"에헴."

난 옅은 미소를 지었어. 내 계획은 꽤 괜찮았어.

"이게 최종 답안지 맞나?"

평소처럼 전투에 나간 병사 말투로 선생님이 물었어.

"네, 선생님."

강철 선생님은 내 주위를 한 바퀴 돌았어.

"확실한가, 다비드?"

"네!"

"지금 날 놀리는 건가!"

선생님이 갑자기 소리를 지르는데, 어젯밤 저녁식사로 양배추절임을 먹었는지 그 냄새가 나는 거야.

"이건 그냥 낙서잖나!"

"낙서요? 그건 사인이라고요, 선생님. '세계 최고의 선생님께'라고 써 드렸잖아요. 세계에서 제일 유명한 유튜버가 드리는 사인이죠."

내가 한쪽 눈을 찡긋해 보였어.

강철 선생님은 천사 같은 미소를 지었어. 아주 잠시 선생님이 내게 넘어왔다고 생각했지. 그건 내가 구독자 1억 명을 달성한 후 처음 한 사인이었으니까! 선생님은 내 답안지에 뭐라고 적더니 아무렇지도 않게 돌려줬어.

"빵점이라고요?"

어이가 없었어.

"그냥 빵점이 아니다, 다비드. 이건 내 사인이다. '나의 제일 뻔뻔한 학생에게, 사랑을 담아, 빵점!'"

난 마른침을 꿀꺽 삼켰어. 정말 충격이야. 지구상 나머지 다른 인류가 나를 좋아하니까 그나마 다행이라고 해야 하나.

하지만 경악할 일은 그게 끝이 아니었어. 쉬는 시간에 운동장에 나가 보니 멋쯤 그룹 애들이 모두 휴대폰에 머리를 처박고 있었어. 선생님이 지나갈 때만 정신을 차리고 잽싸게 휴대폰을 숨겼어. 압수 당할까 봐 그러는 거지.

"안녕?"

내가 머뭇거리며 말을 걸었어.

아무도 내가 플루토늄 버튼을 받게 된 걸 축하해 주지 않아 약간 상처 입은 상태였거든. 하지만 다시 친구로 지낸다면 그 정도는 용서 할 수도 있었지.

내가 인사했지만 걔들은 표정 하나 변하지 않았어. 그뿐 아니라 휴대폰 화면에 최면이 걸린 상태 같았어. 난 다시 한번 시도해 보 았지.

"강철 하사관, 너무하지 않냐?"

하지만 또다시 침묵.

슈퍼마켓 자동문에서 그 사건 이후 내가 투명 인간처럼 느껴진 건

처음이었어.

"무슨 말이라도 좀 해 볼래?"

나는 점점 더 조바심이 났어.

"너희는 '멋져'라는 말밖에 몰라?"

'멋져'라는 말이 걔들 뇌에 뭔가를 자극했던 모양이야.

모두가 동시에 이렇게 대답했거든.

"멋져."

"멋져."

"멋져."

"멋져."

내 말은 하나도 듣지 않은 게 분명했어. 걔들은 어떤 상황이건 똑같이 대답했으니까.

난 몰래 실험을 해 봤어.

또 한 번 실험을 해 봤지.

그다음엔 '너희는 따분한 녀석들이다.', '치질 걸린 원숭이들이다.', '인터넷을 막아 버리겠다.'…… 별별 이야기를 다 했어.

그래도 똑같아. 자동적으로 '멋져'라는 대답이 돌아오는 거야. 휴대폰에서 일어나는 일이 너무 재미있었던 모양이야.

에이, 지루해. 차라리 청소기랑 이야기하는 게 낫겠어.

난 느릅나무 아래를 벗어나 다시는 돌아가지 않았어. 걔들한테 전혀 이해받지 못하는 느낌이었거든.

다른 친구들도 걔들이랑 똑같았어. 선생님 몰래 휴대폰을 가져온 애들은 누구라도 정신없이 화면을 들여다보고 있었어. 꼭 좀비들 같더라. 다만 뇌가 아니라 휴대폰 데이터를 삼킨다는 게 다를 뿐이지.

나머지 수업 시간엔 시계만 뚫어져라 쳐다봤어. 수업 끝나는 종이 울리자마자 인사도 없이 튀어 나갔어.

따르르르르르릉

난 신경 써야 할 더 중요한 일이 있잖아. 오늘의 역사적인 라이브!

우당탕쿵탕 집 안으로 달려 들어갔지. 그러다가 복도에서 할머니랑 부딪힐 뻔했지 뭐야.

"조심해야지!"

틀니가 뒤집어진 할머니가 말했어.

"죄송해요, 급해서 그래요! 역사적인 라이브가 저를 기다린다고요."

방송 시작 전에 내 방을 한 번 휘 둘러보았어. 1억 명 구독자가 볼 테니 정돈 좀 해야겠는걸. 피라미드 청소 알지? 의자 위에 옷을 전부 쌓아 두는 청소법 말이야. 엄청난 집중력과 완벽한 균형 감각이 요구되지.

매우 위험
접근 금지

다음은 나를 정돈할 차례야. 학교에 가는 거랑 똑같은 차림으로 방송에 나올 수는 없잖아. 후원자들이 보내 준 옷 중에 제일 멋있는 걸 차려입고 거울 앞에서 포즈를 연습했어. 바로 그때 끔찍한 걸 발견했지.

"으아아아아아아아아아아!"

내 이마가 더 이상 내 이마가 아니었어. 눈썹 바로 위에 그 빌어먹을 흉측한 청춘의 상징, 여! 드! 름!이 솟아나 있었어. 달랑 하나였지만 에펠탑 크기만 했어.

안뇽?

재빨리 시간을 확인했지. 역사적인 라이브가 겨우 20분 남았어. 어떡하든 이 여드름을 숨겨야 해! 어리벙벙과 고양이라고 불리는 걸로 충분해. 어리벙벙 여드름까지 될 수는 없다고! 서둘러 해결하려고 하자 상황은 오히려 악화되기만 했어.

여기서 팁 넘버 92.

역사적인 라이브 전에 절대 여드름을 짜지 말 것

여드름은 점점 커져서 급기야 슈퍼 여드름이 되었어. 이제는 내 이마에 작은 동산이 아니라 에베레스트산이 자리 잡은 것 같았지.

그래, 유튜버가 되는 것도 어렵지만 네가 사춘기라면 이야기는 더욱 복잡하다는 거야.

이제 플랜 B를 생각할 때야.

난 선물받은 수십 개 모자 중에 하나를 골라 집었어. 하지만 어느 것도 이마의 여드름을 충분히 가려 주지는 못했어.

안뇨오옹?

그 순간 고양이 사료 광고를 찍던 날 분장사가 생각났어. 크림으로 여드름을 가려야겠다는 생각이 떠오른 것도 그 때문이지. 지난번에도 그렇게 했는데, 이번에도 가능하지 않겠어?

서둘러 크림을 찾으러 가다가 복도에서 엄마랑 마주쳤어.

"라이브 준비 다 됐니?"

엄마가 슬픈 미소를 지으며 물었어. 곧이어 내 이마의 메가 여드름을 보고는 엄청나게 큰 소리를 질렀지.

"어머, 미안!"

다시 말을 찾은 엄마가 얘기했어.

"이마에 에이리언이 튀어나온 줄 알았지 뭐니."

엄마는 정말 위로가 되는 말을 잘 찾으시는 것 같아.

이 메가 여드름을 순식간에 없애 버려야만 해! 플루토늄 버튼 특별 배송팀이 곧 들이닥칠 거란 말이야. 난 급히 화장실로 가 치약을 집어

들었지. 그러고는 톡 튀어나온 부분에 치약을 짜서 발랐어.

이제 여드름은 보이지 않았어. 대신 거대한 치약 빙산이 자리 잡았지.

플루토늄 버튼이 배달되기 전까지 겨우 5분 남았어. 난 삼각대 위에 카메라를 설치하고는 겨우 한숨을 돌렸지. 역사적인 라이브 준비가 완료됐어!

그때 아빠가 나타났어.

"빠다뭉치 못 봤니?"

아빠는 그 녀석이 아무 데도 안 보여서 걱정됐나 봐.

맞다, 빠다뭉치!

난 녀석을 까맣게 잊고 있었어.

내 구독자들은 녀석을 정말 좋아해. 방송이 시작되기 전에 빠다뭉치를 찾아야만 해!

아빠와 나는 온 사방으로 녀석을 찾아다녔어.

침대 밑이랑,

세탁기 속이랑,

살아 있는 짐승이라면 어떤 상황에서도 들어가고 싶지 않을 할머
니 틀니 상자 속까지 찾아보았어.

택배 올 시간은 다 되어 가고 역사적인 라이브를 모두 기다리는데, 빠다뭉치 모습은 어디에도 보이지 않았어.

"여기 있다!"

아빠가 소리쳤어.

녀석은 냉장고 위에 올라가 있었어. 빠다뭉치는 그 자리를 정말 좋아해. 시원한 데다가 누군가 냉장고에서 음식을 꺼낼 때 그 위로 덮칠 수도 있거든.

아마도 냉장고 위에서 집 안 전체를 내려다보면서 '으흠, 여기는 전부 다 내 거야.' 이런 생각을 하길 좋아하는 거 같아. 고양이잖아. 세상을 정복하려는 경향이 있지.

곧장 녀석에게로 갔어.

"빠다뭉치, 어서 내려와!"

내가 명령했어.

"우린 역사적인 라이브를 찍어야 하잖아."

하지만 녀석은 표정 하나 바뀌지 않았지. 자기랑은 아무 상관없다는 듯 하품을 쩍 하면서 말이야.

"농담이 아니야, 빠다뭉치! 나랑 동영상 찍어야 하잖아."

녀석을 잡으려고 의자 위로 올라갔지. 내가 다가가자마자 녀석은 팩 성질을 부렸어. 그런데 아빠가 가까이 가자 순한 아기 고양이처럼 가만히 있는 거야.

"너랑 가고 싶어 하지 않는 거 같구나. 그동안 너무 유명세를 치러서 관심이 집중되는 게 좀 피곤한 모양이야."

아빠가 말했어.

"그렇지만 역사적인 라이브를 찍어야 한다고요!"

난 녀석을 쏘아보았어.

"아주 잠깐, 짧은 동영상 하나만 찍으면 돼. 그러면 다시는 괴롭히지 않을게."

녀석은 나를 쳐다보지도 않았어. 아빠는 이렇게 설명을 하더라고.

"어쩌면 네가 혼자만 인기를 누리고 다니는 게 못마땅했을 수도 있어."

"아빠, 얘는 그냥 멍청한 야옹이라고요. 유튜버가 뭔지도 모르는 녀석이잖아요."

내가 화를 냈지.

"그렇지 않아. 빠다뭉치는 아주 예민한 고양이야."

아빠가 녀석의 눈을 가려 주었어.

"얘 앞에서 그런 말 하지 마라."

아빠는 녀석을 정말 예뻐해. 그래서 빠다뭉치가 단지 으르렁거릴 줄만 아는 고양이에 불과하다는 사실을 받아들이려고 하지 않아. 응석을 받아 주다 못해 고양이 스파까지 데려가신다니까.

가만히 놔둬, 좀!

"빠다뭉치가 라이브에 나오기 싫다면 할 수 없죠. 그런 멍청한 고양이 한 마리 없다고 유튜브에서 성공 못 하리라는 법도 없고요."

그때 마침 초인종이 울렸어.

"플루토늄 버튼이다!"

내가 환호성을 질렀지.

택배가 제시간에 도착했어. 난 문을 향해 달려 나갔지. 하지만 택

배 아저씨는 보이지 않았어.

아니 그러니까 평범한 택배 아저씨는 안 보였어. 대신 드론 하나
가 공중에 떠 있었어.

드론이 택배를 내밀었어.

"너무 무거웠어요. 월급을 올려 달라고 해야겠어요."

드론이 투덜거리며 돌아갔어. 갈수록 가엾은 드론을 더 착취한다
면서 말이야.

마침내 역사적인 라이브를 위한 택배가 손에 들어왔어. 그걸 들고
앤지 방 앞을 지나는데 여러 사람의 목소리가 들리는 것 같았어.

한 사람은 동생이고…… 또 다른 하나도 아는 목소리였어(그렇다고
엄마나 아빠, 할머니는 아니고, 분명 내가 아는 또 다른 누군가였어). 하지만 그
런 데 신경 쓸 시간이 없었어. 난 방으로 들어가 문을 쾅 닫아 버렸지.

팬들이 역사적인 라이브를 기다리고 있으니까!

막 방송 시작 버튼을 누르려는 순간, 바닥에 떨어진 종이 한 장을 밟았어.

캐러멜 껍질인 줄 알고 몸을 숙여 종이를 집어 들었지. 종이를 펼쳐 본 순간 심장이 쪼그라드는 줄 알았어.

마누의 생일 초대 카드였거든.

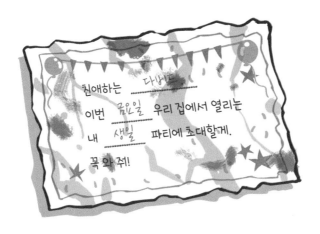

친애하는 _____ 다냉르 _____
이번 _____ 금요일 _____ 우리 집에서 열리는
내 _____ 생일 _____ 파티에 초대할게.
꼭 와 줘!

마누의 생일 파티는 바로 오늘이었어!

복잡한 일이 너무 많아서 완전히 잊고 있었어. 아침부터 계속 뭔가 찜찜했는데 기억나는 건 없고 이상한 느낌이 든 게 바로 이 때문이었던 거야.

학교에서 마누에게 생일 축하는커녕 다짜고짜 깜짝 시험 답을 물어봤잖아. 그때 마누가 그런 얼굴을 한 이유가 있었어. 그 애한테는 정말 중요한 날이니까.

마누는 제일 친한 친구였어. 학기 첫날 자기 간식을 절반 뚝 떼어 나눠 준 것도 마누였고, 못된 애들이 날 괴롭히려고 등짝에 이상한 걸 붙여 놓았다는 걸 알려 준 것도 마누였고, 또 언제나 내게 다정한 말을 건넨 것도 마누였지.

난 마누의 유일한 친구였어. 그런데 생일 파티에 그 앨 혼자 있게 한 거야. 풍선이랑 아무도 먹지 않는 생일 케이크에 둘러싸여 마누 혼자 앉아 있는 모습이 막 상상되더라고.

휴우, 어쩌자고 이런 멍청한 짓을 했는지 모르겠어!

마누는 절대 나를 용서하지 않을 거야. 불행히도 생일 파티에 가기엔 너무 늦었어. 내가 마누의 생일 파티를 완전히 망쳐 놓았어. 난 철창에 갇혀서 인류로부터 영원히 격리되어야 마땅해.

끔찍한 인간

친구를 실망시켰어

☠ 접근 금지 ☠

되돌릴 방법이 없었어. 마누는 더 이상 나랑 친구 하고 싶지 않을 거야. 초대장을 구겨서 휴지통으로 던져 버렸어.

하지만 나한테는 내 채널이 있잖아! 그것마저 마누와의 우정처럼 망쳐 버리고 싶지는 않았어. 카메라를 켜고 방송 시작 버튼을 눌렀어.

"안녕, 구독자 여러분."

실은 '팬티들'이라고 부르고 싶은 걸 간신히 참았어.

"제 채널을 시청해 주셔서 감사합니다. 아시다시피 제 채널이 구독자 1억 명을 돌파했습니다. 세계 신기록이죠."

몇 명 정도가 나의 역사적인 라이브를 시청하고 있는지 알고 싶지는 않았어.

긴장하게 될 테니까. 분명 인간이 달에 착륙한 이래로 가장 많은 숫자일 거야.

"자축하는 의미에서 트로피 언박싱을 해 보려고 합니다."

택배를 카메라 앞으로 가져가 보여 주었어.

"여길 보세요. 플루토늄 버튼입니다!"

플루토늄 버튼은 유튜브 최고의 상이야.

내 채널이 너무 갑자기 성장하는 바람에 그 이전에 받아야 할 상들을 모두 건너뛴 거라고.

실버 버튼은 구독자가 10만이 되면 받는 상이야.

그다음 골드 버튼은 100만이 넘으면 받을 수 있어.

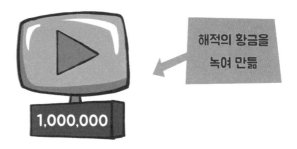

해적의 황금을
녹여 만듦

다이아몬드 버튼, 루비 버튼도 있어.

"유튜버 최고의 상 플루토늄 버튼, 아무도 못 보셨죠? 제가 라이브로 보여 드리도록 하겠습니다. 구독자 여러분, 준비되셨나요?"

내 목소리는 채널을 찾지 못한 텔레비전처럼 지지직거렸어. 유튜브를 통틀어 가장 성공적인 채널을 가지고 있으면서도 그저 슬프기만 했지. 택배 꾸러미를 열 준비가 완료된 그 순간…… 이상한 소리가 들렸어. 깜짝 놀라 돌아보았더니, 갑자기 방문이 쾅 닫히는 게 아니겠어.

어쩌면 빠다뭉치가 생각이 바뀌어서 다시 주인공 역할을 하고 싶은지도 몰라. 우선 선풍기가 꺼져 있는지 확인했어. 뭐 그냥, 모기 때문에 그런 거야. 다시 바지를 찢어 버리는 건 계획에 없었거든.

그런데 갑자기 전등이 나갔어. 우리 집 고양이가 세계 정복을 꿈꾸고 있을지는 몰라도 아직 전기 스위치 끄는 법을 배우진 못했는데…….

방 안에 있는 자가 누구이건 간에 하여간 빠다뭉치는 아니라는 거지.

"재미없거든."

경고하는 내 목소리는 떨리고 있었어.

"역사적인 라이브 중이란 말이야. 1억 명이 내가 무슨 말을 할지 기다리고 있다고!"

아무런 대답이 없었어. 난 벌벌 떨었어. 어쩌면 쓱쓰레 여사일지도 몰라. '오 마이 갓 메가 유튜버 페스티벌'에서 당한 모욕을 복수하러 왔거나, 아니면 내 성공을 질투해서 온 걸 수도 있어.

방에 남은 불빛이라고는 오로지 휴대폰 화면뿐이었어. 그 와중에도 여전히 라이브를 내보내고 있었지. 난 휴대폰을 집으러 가다가 우연히 전혀 생각지도 못한 것을 보게 되었어. 심장이 튀어나오는 줄 알았어.

전혀 예상치 못한 것을
발견한 얼굴

하지만 이미 늦었어. 그때 뭔가가 나타나 나를 담요로 덮어 버렸
거든. 그러고는 나를 밧줄로 묶더니 감자 포대처럼 바닥에 내동댕이
쳤어.

"이 손 치워!"

내가 소리쳤어.

"플루토늄 버튼 가져가고 나는 내버려 둬. 우리 할머니 굉장히 무
섭다는 거 모르지!"

납치범들은 내 위협에 겁먹지 않았어. 난 한참 동안 바닥으로 질
질 끌려갔어.

나중에 알고 보니 겨우 2분 동안이었지만, 그때는 정말 몇 시간은
끌려 다닌 기분이었어. 맞아, 가끔 내가 과장이 심할 때가 있기는 해.
납치범들은 나를 의자에 앉히고는 담요를 벗겨 주었어. 영화에 나오
는 취조실처럼 전등이 내 얼굴을 정면으로 비추었지.

"너희는 누구냐! 나한테 바라는 게 뭐야?"

내가 놀라 물었어.

그때 일어난 일은 절대 믿지 못할 거야. 두 납치범이 어둠 속에서 나와 모습을 드러냈어.

납치범은…… 다름 아닌 내 친구 마누와 내 동생 앤지였어. 둘은 이스터 섬의 모아이 석상보다 더 심각한 얼굴이었지.

"안녕, 다비드."

둘이 동시에 말했어.

"너희였어?"

전등 불빛에 눈이 익숙해지자 내가 납치되어 온 방을 자세히 살펴볼 수 있었어. 냄새 나는 지하실, 뭐 그런 곳이 아니라 거긴 내 방 바로 옆에 있는 앤지 방이었어.

조랑말 인형이랑 나란히 앉아 있는 인질은 아마 내가 역사상 최초일 거야.

"역사적인 라이브를 방해해서 미안해. 하지만 달리 방법이 없었어."

마누였어.

"이게 다 오빠를 위해서 한 일이야."

앤지가 이어 갔지.

"언젠가 우리에게 고맙다고 할 날이 올 거야."

"뭐가 고맙다는 거야?"

난 의자에서 일어나려고 애썼지만 밧줄로 꽁꽁 묶여 있었어. 내 동생은 인터넷에서 매듭 묶는 법을 배웠거든.

"이제 막 구독자들에게 플루토늄 버튼을 라이브로 보여 주려던 참이었다고."

마누는 트로피 꾸러미를 동생 책상 위에 올려놓았어. 그러고는 상자를 열더니 핀셋으로 트로피를 조심스럽게 꺼냈지.

"플루토늄은 방사성 물질이야. 새로운 버튼을 만들어야 하는데 아이디어는 고갈되고 그러다 보니 인간에게 어떤 영향을 미치는지 검증도 해 보지 않고, 이 물질을 선택한 거 같아."

마누는 플루토늄 버튼을 휴지통에 버렸어. 인형들까지도 멀리 피하더라고.

방사성 물질

"너희가 내 목숨을 구해 준 거구나! 플루토늄이 위험 물질이라는 거 어떻게 알았어?"

"오늘 깜짝 시험 문제였거든. 물론 넌 공부를 하나도 안 해서 모르겠지만."

우이 씨, 맞는 말이었어.

"항의문을 보내야겠어. 내 손이 다 타 버릴 뻔했잖아. 아니, 어쩌면 돌연변이가 됐을지도 몰라."

난 너무 속상했어.

"플루토늄 버튼은 잊어버려."

앤지가 말했지.

"우리가 오빠의 역사적인 라이브를 멈추게 한 건 그 버튼 때문이

아니야. 오빠를 되돌아오게 하려고 그런 거지."

"되돌아오게 한다고? 난 아무 데도 안 갔는데?"

앤지와 마누는 한숨을 크게 내쉬었어. 그러니까 잘 설명을 해 줬어야지.

"네가 유튜버가 된 다음부터 계속 다른 사람처럼 행동했잖아."

마누가 이야기했지.

"처음엔 나도 재미있었어. 하지만 갈수록 넌 이기적으로 굴더니 나를 까맣게 잊어버렸어."

난 심장이 졸아드는 것 같았어. 그냥 그렇다는 말이야. 실제로 신체 기관이 그렇게 마음대로 수축될 수는 없잖아?

"친구만 잊어버린 게 아니야."

앤지는 몹시 화가 나 있었어.

"가족도 팽개쳐 버렸어. 날 괴롭히는 건 참을 수 있지만 우리를 잊어버리게 둘 수는 없어. 오빠가 좀 게으르기는 해도 난…… 오빠를 좋아한단 말이야."

두 사람 말이 옳았어. 요즈음 난 정말 어리석게 굴었어. 난 뭔가 말하려고 입술을 옴짝달싹했어.

그…… 세상에서 제일 복잡한 단어 말이야('흉쇄유돌근'이나 '헥사나이트로헥사아자이소부르치탄' 같은 단어를 이야기하는 게 아니고).

마누는 못 알아듣는 척했어.

"뭐라고? 무슨 말인지 모르겠어."

"미안해."

"넌 무슨 소리인지 알겠니, 앤지?"

마누가 여동생에게 물었지. 앤지는 아무 소리도 못 들었다는 듯 어깨를 으쓱해 보였어.

"미안하다고!"

결국 내가 소리를 질렀지.

"너희를 팽개쳐 두고 멍청하게 굴고 또 너희를 잊어버려서 너무 미안하다고."

그제야 앤지와 마누는 미소를 지었어.

"첫 번째 계획은 통과!"

내 친구 마누가 말했지.

"하지만 두 번째가 남았어."

"아직 남았다고?"

내가 놀라 물었어.

그때 내 동생이 호주머니에서 휴대폰을 꺼냈어. 역사적인 라이브 방송이 '일시 정지' 상태였어. 그때까지만 해도 이 둘이 무슨 일을 꾸미는지 상상도 못 했지.

"오빠가 정상적인 생활로 돌아오기 전까지는 이 일을 못 하게 할 거야. 그래서 고별 영상을 찍어야 한다고 생각했어. 오빠의 인기를 영원히 끝장내 버릴 특별 영상으로 말이야."

"그건 너무 마키아벨리적인 발상이야."

내가 놀라 말했어.

"그거 장난이지?"

마누와 앤지는 똑같이 고개를 가로저었어.

"오빠가 계속 성공적인 유튜버로 남아 있으면 또 얼마 안 가 우릴 잊어버릴걸."

앤지가 설명했지.

"이걸 해결하는 유일한 방법은 오늘밤으로 오빠 채널을 끝장내 버리는 거야."

"그랜드 파이널이지. 너무 천재적인 생각 아니니?"

마누, 너 너무 즐거워 보인다?

납치범들은 내가 묶여 있다는 약점을 이용해 세상에서 제일 우스꽝스러운 것들로 나를 치장하기 시작했어. 게다가 앤지는 그런 걸 정말 엄청나게 많이 가지고 있거든.

너무 귀여워!

"너무 우스꽝스럽잖아."

내가 한숨을 내쉬었지.

"그게 우리가 원하는 거야."

내 동생이 천연덕스럽게 말했어.

"오빠는 라이브에서 이걸 읽기만 하면 돼. 그럼 모든 게 끝이야. 다시 예전의 평범한 중학생으로 돌아오게 될 거야."

앤지가 틈을 놓치지 않고 덧붙였어.

"평범하고 좀 어리벙벙한 아이."

내 납치범들이 준비한 종이를 흘끗 읽어 보았지.

1억 명에 달하는 구독자들에게 내 채널 구독을 취소하라고 설득하는 글이었어.

"왜 내가 고양이를 싫어한다고 말해야 하는데?"

계속해서 종이를 훑어보았지.

"그리고 초콜릿도 싫어한다고?"

구독자들을 실망시키려는 성명서 내용이 좀 이상했어.

"세상 사람들은 모두 초콜릿을 좋아해. 그러니까 네가 초콜릿을 싫어한다고 말하면 사람들은 네 적이 될 테고, 넌 인기를 잃게 될 거야. 이건 내 아이디어야."

마누가 자랑스러운 듯 어깨를 으쓱해 보였어.

"기다려."

잠시 후 내가 말했지.

"이게 내 1억 명 구독자를 잃게 하려는 너희 계획이라고?"

마누와 앤지가 동시에 고개를 끄덕였어.

"그럴 필요 없어."

내가 어깻죽지를 축 늘어뜨렸지.

"어째서? 네 채널을 완전히 잊게 하려고 짜낸 아이디어란 말이야."

마누가 물었어.

"그래서 하는 얘기야. 이런 성명서 이제 필요 없어……. 이미 다들 나에 대해 잊어버렸다고."

마누와 앤지는 서로 눈길을 주고받았어. 정말 아무것도 모르는 눈치였어.

"너희가 나를 납치하기 직전에 알았어. 내 역사적인 라이브에 접속한 사람이 하나도 없었어. 왜 그런지 모르겠지만 아무도 관심이 없더라고."

내가 자초지종을 이야기했어.

그제야 둘은 나를 밧줄에서 풀어 줬고, 우리는 함께 내 휴대폰을 확인해 봤지.

실제로 내 채널에서 초당 1,000명씩 구독자가 사라지고 있었어. 결국 내 방송에 접속한 사람은 세상에 단 하나만 남게 됐지.

누가 이런 걸 틀어 뒀다니?

난 로맨틱한 영화를 보고 싶은데!

인터넷이 나를 완전히 잊어버리는 데 일주일이면 충분했어. 세계 신기록에 가까울 만큼 짧은 시간 안에 무명에서 스타로, 그리고 다시 무명으로 돌아간 거지.

"이런……."

앤지가 신음 소리를 냈어.

"우리 계획이 필요 없었던 거네. 이미 어리벙벙으로 돌아와 있잖아."

참 이상하지. 마음속 깊은 곳에서 안도의 한숨이 새어 나왔어. 유명해지는 거 그거 꽤 복잡한 일이더라고. 네가 네 자신으로 살 수 없는 거, 알아?

사람들이 어리벙벙과 고양이에 관심을 잃게 된 데는 다 이유가 있었어. 바로 먹보 다람쥐라는 녀석 때문이었어. 그날 아침에 올라온

건데, 결혼식 케이크를 먹는 다람쥐 영상이었지. 글쎄, 한 시간 만에 조회수가 1,000만을 넘었다는 거야.

"대단한걸! 나도 당장 그 채널 구독할 테야."

앤지가 소리쳤지.

먹보 다람쥐는 이미 공식 팬클럽에다가 수백 개의 움짤이 유튜브를 돌아다니고 또 연예 기획사에 소속되어 있었어. 유튜브에서는 아주 새로운 주제였거든.

앤지와 마누, 그리고 나도 그 동영상을 재미있게 봤어. 내가 주인공으로 등장하는 것보다 훨씬 편안하더라.

집 앞에서 헤어질 때 내가 마누를 끌어안았어.

“생일 축하해. 우리 다시 친구 하는 거지?”

마누가 또 시작했어.

우리 다시
뭐가 되자고?

“다시 친구 되는 거냐고.”

“더 크게 말해 봐.”

정말 마누다운 행동이야. 난 마누가 만족할 때까지 거의 백번도 넘게 같은 말을 반복해야 했어.

“다비드, 내 생일 파티는 그다지 나쁘지 않았어. 초코펍스를 그렇게 많이 먹어 본 적은 없었지만.”

마누가 빵빵한 배를 문지르며 말했어.

“가져가고 싶은 만큼 가져가. 후원자들이 엄청 보내 줘서 핵전쟁이 터져도 살아남을 수 있을 정도야.”

하지만 마누는 아직 끝난 게 아니었나 봐.

"근데 알아? 나한테 아주 기발한 아이디어가 있어."

"야, 놀라게 하지 마."

마누의 아이디어에 완벽히 대비하는 건 정말로 불가능한 일이야.

한번은 중세 풍습에 대한 수업에 등록하자고 날 설득했지. 우린 양피지에 글씨 쓰는 법, 뭐 그런 걸 배울 거라고 생각했어. 그런데 실제로 어떤 '풍습'을 배웠는지 알아? 바로 고문 기술이었어.

아주 조심해야 해. 마누의 아이디어는 재앙으로 끝나는 경향이 짙거든.

"있잖아. 내 동영상 채널을 하나 만들 생각이야. 이름하여 〈마누쇼〉. 아주 질 높은 콘텐츠만 가지고. 어때? 근사하지?"

난 식은땀이 났어.

"지금 농담하는 거야? 난 더 이상 동영상 같은 건 싫어."

마누가 날 더 복잡한 일에 끌어들이기 전에 문을 쾅 닫아 버렸어.

한동안 유튜브는 쉬고 싶으니까.

옮긴이의 말

100여 년 이상을 인류와 함께하며 대중의 문화생활을 이끈 세계 최대의 발명품인 텔레비전. 그 텔레비전의 아성을 뒤흔들고 있는 것이 유튜브입니다. 전 세계 네티즌들이 올린 동영상 콘텐츠를 무료로 공유하는 사이트인 유튜브는 수많은 일반인 스타를 탄생시키고 있죠.

이 책은 평범한 중학생 다비드가 동생에 대한 질투심으로 찍은 동영상이 우연히 네티즌들의 관심을 끌면서 스타덤에 오르게 되는 일주일 동안의 이야기를 그리고 있습니다. 다비드는 순식간에 구독자 1억 명을 달성해 최단 기간에 최고의 성공을 이룹니다.

하지만 이 책의 작가는 제목에서 말하는 것처럼 '일주일이라는 짧은 시간에 얻은 성공'을 보여 주고 싶었던 건 아닌 거 같아요. 오히려 쉽게 얻은 성공이 얼마나 짧은 시간에 '사라져 버릴 수 있는지', 그리고 '우리에게 정말로 소중한 것은 무엇인지'에 대해 이야기하고 있는 건 아닐까요?

짧은 시간 동안 학교 애들의 비웃음을 사는 아싸에서 슈퍼 핵인싸가 되고 다시 아이들의 관심에서 멀어지기까지, 주변 사람이 모두 변해도, 그리고 다비드 자신조차 딴사람이 되어도 다비드를 정말로 염려하고 사랑하는 사람들은 변치 않고 여전히 그 자리에 있어 주었습니다. 바로 다비드의 가족과 친구죠.

주인공 다비드의 솔직하고도 유머 넘치는 내레이션에 코믹한 일러스트가 곁들여진 덕분에 가벼운 마음으로 깔깔대며 단숨에 읽어 내려가다 보면 어느새 묵직한 감동이 다가옵니다. 유튜브 동영상 찍는 법, 네티즌의 주의를 끄는 동영상 만드는 법, 또 안티의 공격을 피하는 법 등등 인기 유튜버로 거듭나기 위한 현실적인 조언도 덤으로 얻을 수 있죠.

이 책을 읽을 수많은 다비드들과, 동영상을 감상하고, 또 직접 콘텐츠를 만들면서 새로운 세상을 열어 갈 모든 이들에게 격려의 말을 전합니다.

성초림

다비드의 아싸 탈출기

유튜브 스타 일주일이면 충분해

초판 1쇄 2019년 7월 23일
초판 2쇄 2020년 6월 15일

지은이 다비드 가메로
그린이 발렌티 폰사
옮긴이 성초림

책임편집 신정선
마케팅 강백산, 강지연
디자인 이정화

펴낸이 이재일
펴낸곳 토토북
주소 04034 서울시 마포구 양화로11길 18, 3층 (서교동, 원오빌딩)
전화 02-332-6255
팩스 02-332-6286
홈페이지 www.totobook.com
전자우편 totobooks@hanmail.net
출판등록 2002년 5월 30일 제10-2394호
ISBN 978-89-6496-406-4 43870

· 잘못된 책은 바꾸어 드립니다.
· '탐'은 토토북의 청소년 출판 전문 브랜드입니다.
· 이 책의 사용 연령은 14세 이상입니다.

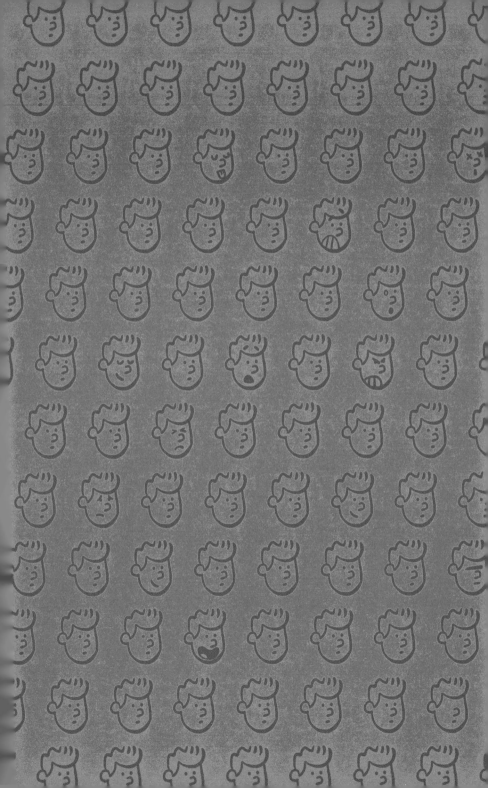